KB096191

안의 가방

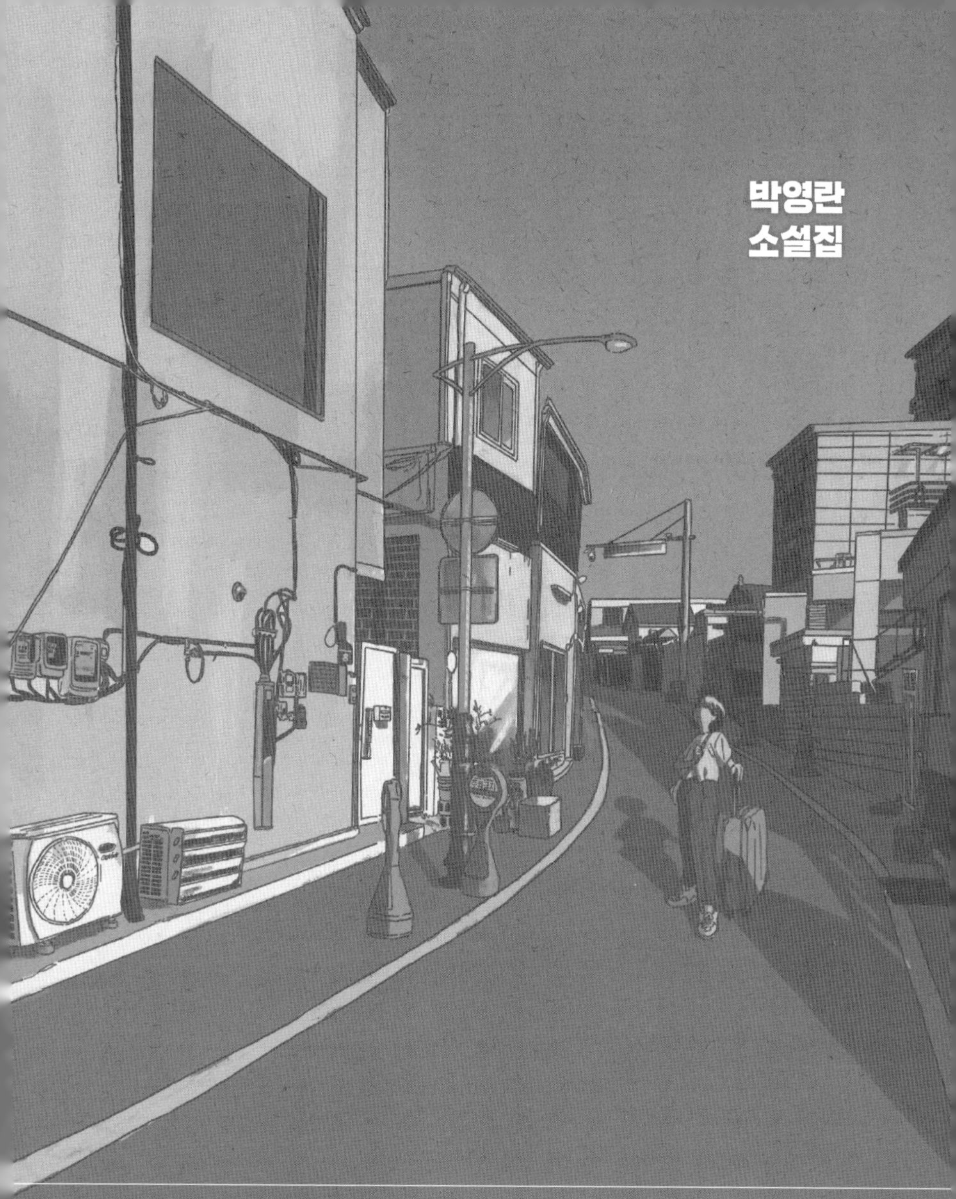

박영란
소설집

안의 가방

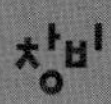

차례

이 나무는 내 친구입니다 007
안의 가방 027
간신히 057
상어를 기다리며 083
소소한 명예 107
나만 할 수 있는 일 131
수지 147

작가의 말 171
수록 작품 발표 지면 173

이 나무는 내 친구입니다

우리는 그 애를 보러 가기로 했다. 요란 떨지 않고 조용히 그저 지나가는 것처럼 그 애를 한번 보려 했다. 그러려면 구지구 깊숙이 들어가야 한다는 게 문제였다. 지역은 큰 사거리를 중심으로 구지구와 신지구로 나뉘었다. 우리끼리는 구지구에 있는 중학교를 '구중', 신지구에 있는 중학교를 '신중'이라고 불렀다. 그 애는 '구중'에 다녔다. 우리는 '신중'이었다.

옷을 갈아입고 우리는 아파트 단지 입구에서 만났다. 신중 교복을 입은 채 구지구에 들어가는 일은 불편했다. 신중 애들이 아파트 단지 안에 구중 교복 입은 애들 돌아다니는 것을 꼴 보기 싫어하듯, 구중 애들 역시 구지구에 신중 교복 입은 애들이 활개 치고 다니는 꼴을 곱게 보지 않았다. 게다가 우린 겨우 셋이었다. 친구가 겁을 줬다.

"일진들한테 걸리면 어쩌냐."

"튀어야지."

구중 일진들이 유독 신중 애들한테 가혹하다는 건 알고 있었다. 신중 일진들 역시 구중 애들한테 사악하게 구는 건 마찬가지였다.

"일진들은 자기들끼리만 건드려. 그게 걔들 규칙이야."

그 말에 우리는 좀 안심했다. 그 무렵 우리한테 가장 무서운 게 일진들이었다.

"그런데, 구지구도 전엔 좋았어. 나 어릴 때 할아버지하고 개울에서 물고기도 잡고 그랬다."

같이 가기로 한 친구 한 명이 구지구를 잘 알았다. 그 친구는 예전에 구지구에 살았었다. 신지구에 아파트 단지가 들어서자 이리로 옮겨 왔는데, 할머니와 할아버지는 아직도 구지구에 살면서 농사를 짓는다고 했다. 조부모는 구지구에 살고, 부모와 아이들만 신지구에 사는 경우가 많았다. 친구도 그런 경우였다.

서둘러야 했다. 학원 수업에 늦지 않으려면 그 애만 보고 빨리 와야 했다. 혼자서 나무를 지킨다나 뭐라나 하는 애 말이다.

그 애가 언제부터 나무 지키는 일을 하고 있었는지 정확히 아는 사람은 없었다. 두 달 전부터라는 말도 있고, 한 달 전부터라는 말도 있다. 두 달 전이면 2월이고, 한 달 전이면 3월이었다. 아무튼 어느 날부터인가 그 나무 밑에 그 애가 서 있기 시작했다는 소문이 학원가에 파다했다. 종일은 아니고 하루 한 시간 남짓이라고 했다. 정확한 시간은 분명치 않으나 오후 3~4시쯤 그 애가 그 나무 아래 서 있다는 거였다. 그 애를 보려면 그 시간을 놓치지 말아야 했다.

"내용이 매일 바뀐대."

소문은 그랬다. 하지만 내용이 매일 바뀌는 건 아니라는 말도 있었다. 아무튼 그 애가 나무 아래 들고 서 있는 피켓에는 이런 문구가 적혀 있다고 했다.

이 나무는 내 친구입니다

엄밀히 말하면 피켓은 아니고 스케치북이었다. 글자를 써넣은 스케치북을 들고 나무 아래 한 시간쯤 서 있다 간다는 거였다.

"뭐든 지키려면, 지키고 싶은 마음이 들도록 화끈하게 글을 써야지 그게 뭐냐!"

"그런다고 나무를 지킬 수나 있겠어? 어차피 거긴 곧 공사 시작한다더라."

"산도 싹 다 밀어 버린다는데 나무 한 그루를 어떻게 지키겠냐."

"신지구보다 더 큰 대단지 아파트 들어선다던데. 거기 아파트 들어서면 신지구도 구지구 되는 건가?"

구지구에 발을 들였다는 두려움을 떨쳐 내기 위해 우리는 생각나는 대로 아무 말이나 주고받았다.

나무를 지킨다나 뭐라나 하는 애가 한두 달 전부터인가 매일 오후 늦은 시간에 나타난다는 곳은 구지구 중에서도 위험 구역이었다. 한때는 크고 작은 가구 공장들과 주택들이 뒤섞인 곳이었지만 신도시 부지로 지정된 후 모두 이주하고 곧 철거될 예정이었다. 그곳은 이제 후미진 장소가 필요한 일진들이나, 그 땅에 밭을 일구는 할머니, 할아버지들이 드나드는 곳이 되었다.

"떨린다."

텅 빈 공장 건물들이 눈앞에 보이자 친구가 말했다.

"사람 사는 데는 다 똑같다. 겁먹지 마라."

"사람이 안 사니까 문제지."

"걔는 사람 아니냐?"

"걔가 지금 거기 사는 건 아니지."

"걔는 지금 혼자야!"

다른 친구가 한마디 하자 모두 입을 다물었다. 사실 그 애는 혼자에다 여자였다. 우리는 큰 무리는 아니지만 태권도도 배우고 검도도 배운 바 있는 남자 셋이었다. 그런데도 오싹했다.

한때 사람들이 북적거리던 공장과 마을이었다고는 믿기지 않았다. 섬뜩한 폐허였다. 창문은 깨지고, 페인트칠은 벗겨졌으며,

문짝은 떨어져 나가고, 안에 있어야 할 물건들이 죄다 밖으로 쏟아져 나와 있었다. 안과 밖이 뒤집힌 거대한 쓰레기장 같았다.

어느 집 마당에서 할머니가 땅을 일구고 있다가 지나가는 우리를 보았다. 수건을 접어 쓴 할머니가 쳐다보자 우리는 놀랐다. 셋이 동시에 뛰었다. 왜 놀랐는진 모르겠다. 뛰다가 멈춰 서서는 친구가 물었다.

"아직 멀었냐?

"더 걸어야 된다."

다른 친구가 답했다.

"일진들이라도 좀 보였으면 좋겠네."

"야, 걔들도 알고 보면 다 착해."

"알고 보면 안 착한 사람 어딨냐."

"우리도 알고 보면 착하지."

쓸데없는 수다를 떨면서 걷던 어느 순간 저 앞에 그 애가 보였다. 소문의 그 애가 맞는지 아닌지 생각할 필요도 없었다. 그 애였다. 군청색 폴로 티셔츠에 회색 카디건과 스커트를 입은 여자애가 스케치북인가 뭔가를 끌어안고 서 있었다.

"생활복이네."

친구가 속삭였다. 머리 모양은 예상한 대로였다. 여자애들 머리 스타일은 거의 이마를 덮은 모양이었다. 일명 '메텔 스타일'인데 그 애도 그랬다.

누가 시키지도 않았는데 우리는 자세를 바로잡았다. 아무 일도 아니라는 듯, 그저 지나가는 길이었다는 듯, 그 애 앞을 지나가야 했다. 그 애가 우리 쪽을 바라보았다.

"야, 본다."

"알아, 안다."

"떨린다."

"침착하게 걸어라."

우리는 고개를 푹 숙인 채 땅만 보고 걸었다. 그 애 운동화는 회색 '뉴발'이었고, 스타킹에 군청색 양말 차림이었다. 겉으로만 봐서는 특별날 게 없었다. 사거리 학원가에 오 분만 서 있으면 수도 없이 마주칠 평범한 여자애였다.

그 애 앞을 지나 한참 멀어져 왔을 때 친구가 내 어깨를 툭 쳤다.

"귀신 안 따라온다."

그제야 우리는 뒤를 돌아보았다. 그 애는 아직 나무 아래 서 있었다. 아마 우리가 쩔쩔매면서 자기 앞을 지나가는 꼴을 실컷 구경했을 것이다. 뒷목이 후끈 달아올랐다.

"스케치북에 뭐라고 적혀 있었냐?"

"못 봤다."

"넌."

"나도 못 봤다."

"뭐 했냐?"

"그러는 넌."

"사진이나 찍자."

"창피하게 사진은 뭐 하러 찍냐."

"이런 일은 인증을 남겨야 한다."

"남의 사진 잘못 찍으면 큰일 난다."

"이건 널리 알려야 할 좋은 일이란 말이다."

"뭐가 좋다는 거냐?"

"나무를 지킨다는 게 좋은 일 아니냐?"

우리는 저마다 폰을 꺼내 멀리 있는 그 애를 찍었다. 폰에 찍힌 그 애는 아무도 알아볼 수 없을 만큼 작았다. 구중에 다니는 여자애라는 정도만 확인할 수 있었다. 하지만 인증은 될 것 같았다. 스케치북을 들고 있고, 구중 교복을 입었으며, 철거 구역 내 어느 집 앞 나무 아래 서 있는 여자애. 나무를 지킨다는 그 애.

"그런데 저 나무, 무슨 나무냐?"

"난 나무는 진짜 모르겠더라. 꽃이 피면 모를까."

"어떤 나무인지 뭐가 중요하냐?"

"그럼 중요한 게 뭐냐."

"왜 하필 그 나무를 지키려는지가 중요하지."

그 말에 우리는 모두 입을 다물었다. 사실 우리가 가장 궁금한 게 바로 그거였다. 그 애가 왜 하필 그 나무를 지키려고 하는 건지. 수많은 나무 중에서 오직 그 나무를 지키려고 애를 쓰는 건지.

"그러게, 저 나무를 왜 지키려는 걸까."

"너희 할머니 구지구에 사신다며. 뭐 소문 들은 거 없냐?"

"우리 할머니 집은 이쪽이 아니라 저 건너 전원주택 단지가 될 동네 한가운데다."

우리 셋은 일제히 친구가 가리키는 주택 단지 쪽을 바라보았다. 이 지역 전체가 구획 정리 되면서 어떤 구역은 아파트 단지로, 어떤 구역은 상업 건물이나 빌라 단지로, 또 어떤 구역은 전원주택 단지로 정해졌다고 한다. 그런데 갑자기 그렇게 정해질 수 있다는 게 이상하다는 생각이 들었다. 낮은 산들과, 들판을 끼고 이어진 농지와 마을, 굽이지어 흐르는 개울들을 깡그리 갈아엎고 직선을 그어 구획을 정리하는 건 너무 간단한 방식 같았다. 그 간단한 방식에 뭔가 섬뜩한 기분이 들었다.

"난 저 애가 저 나무를 지키려는 이유보다 더 중요한 게 있는 것 같다."

"뭔데."

"저런 쓸데없는 짓을 왜 하냐는 거다."

"쓸데없다니."

"생각해 봐. 아무리 저 나무가 소중하다 해도 어차피 이 동네 전체가 싹 사라질 거 아니냐. 그걸 모르는 사람이 어디 있냐. 저 애 혼자 저래 봤자 시간이 되면 나무는 잘려 나간다. 게다가 보는 사람도 없는 이런 데서 혼자 피켓을 들고 두 달이나 시위를 하고 있다니. 쓸데없는 짓이 아니고 뭐겠냐."

우리는 그 애가 더 이상 보이지 않겠다 싶은 곳까지 와서 다시 뒤를 돌아보았다. 그리고 셋이 얼굴을 마주 보았다. 다음 순간, 누가 먼저랄 것도 없이 그 나무 아래를 향해 뛰기 시작했다. 이윽고 그 애가 서 있던 나무가 보이자 우리는 주춤주춤 걸었다.

"갔다."

우리는 순식간에 세 방향으로 흩어져 그 애를 찾기 시작했다.

"저기다."

친구가 팔을 흔들면서 불렀다. 우리는 또 순식간에 모여서 친구가 가리키는 쪽을 바라보았다. 그 애는 우리가 왔던 길을 따라 걸어 나가고 있었다. 회색 백팩을 멘 그 애가 겨드랑이에 스케치북을 끼고 고개를 숙인 채 걷고 있었다. 보나 마나 폰을 만지면서 걷는 것이었다.

우리는 그 애가 완전히 안 보일 때까지 서 있다가 문득, 정신을 차렸다. 그리고 그 애가 서 있던 나무 앞으로 몰려갔다.

가까이 다가서서 본 나무는 고목도 아니고, 희귀종도 아니었다. 나무 종류에 대해서는 잘 모르지만 고목인지 희귀종인지 정도는 안다.

"재 좀 알긴 안다."

할머니가 구지구에 산다는 친구가 자신 없다는 듯 말문을 열었다. 자신감은 필요 없고 그 애에 관한 이야기나 빨리 듣고 싶었다.

"빨리 털어라."

재촉했다. 친구 말에 따르면 그 애 가족은 이 동네 원주민이었다. 그 애 아버지가 사장인 가구 공장이 이 동네에 있고 그 애네 집도 이곳에 있었다는 것이다.

"그럼 이 집이 그 애네 집인가?"

"거기까진 모른다."

몰라도 추측은 할 수 있었다. 그 애가 지키려는 나무가 있는 집이면 그 애가 살았던 집일 확률이 높았다.

"아는 대로 말해 봐."

우리는 친구를 닦달했다. 꾸며 낸 이야기라도 좋으니 그 애에 대해서 뭐라도 더 알고 싶었다.

"초등학교 5학년 때 같은 반이었다."

"그 말을 왜 이제 하냐?"

원성을 퍼부었지만 금방 숨죽였다. 빨리 그 애 이야기나 듣고 싶었다.

친구는 그 애와 같은 반이긴 했지만 기억에 남는 게 별로 없다고 했다. 그냥 그 애는 모든 면에서 특별히 튀지도 처지지도 않고 딱 중간쯤인 것 같다고 했다. 다시 말해 좋아하던 여자애도 아니고 싫어하던 여자애도 아니라는 말이었다. 우리는 채근했다.

"잘 생각해 봐."

"아, 생각나는 게 있다."

"빨리, 말해라."

친구는 5학년 때 교실에서 각자 화분을 키운 적이 있다고 했다. 그때 친구 화분은 금방 죽었는데 그 애 화분은 아주 잘 자라 선생님한테 칭찬까지 받았다고 했다. 무슨 식물이었는지는 기억나지 않는다고 했다.

친구 말을 종합해 보면, 그 애 역시 우리와 다를 게 하나도 없는 평범한 아이라는 얘기였다. 그런데 그 애가 우리는 생각지도 못할 하등 쓸모없는 일을 하는 이유가 뭘까. 아무리 애쓴다 해도 어차피 잘려 나갈 나무를 두고 왜 쓸데없이 시간을 써 가면서, 무서움을 참아 가면서, 혼자 힘들여 이런 일을 하는 것일까.

우리는 나무를 지나 마당 안으로 들어섰다. 마당 안은 쓰레기장이나 마찬가지였다. 더는 사람이 살지 않는다는 표시를 이렇게까지 요란하게 할 필요 뭐 있나. 밖에 나와 있으면 창피할 물건들까지 모두 나와 뒹구는 마당을 지나 빈집 안으로 들어갔다.

집은 꽤 넓었다. 아주 오래된 집도 아닌 것 같았다. 2층으로 올라가는 계단도 내부에 있었다. 1층 거실에 껍질이 이리저리 뜯겨나간 소파가 있었다. 우리는 소파에 아무렇게나 걸터앉아 쿨렁거리면서 낄낄댔다. 그 일이 지겨워지자 우리는 되는대로 이 방 저 방 마구 들여다보았다. 이상한 건 가구들이 대체로 그냥 있다는 거였다.

"전부 버리고 간 건가."

나는 책상 위를 검지로 쓱 문질렀다. 그 부분만 먼지가 닦이면서 노란 나뭇결이 환하게 살아났다. 환해진 부분을 엄지로 다시 한번 문질렀다. 그러자 내 유전자를 책상에 분양해 준 것 같은 기분이 들었다. 친구한테 그 기분을 들려줬다. 그랬더니 친구가 이렇게 말했다.

"그게 지문 흔적이라는 거다."

『수학의 정석』 시리즈도 굴러다녔다. 친구가 책을 들어 올리자, 투명하고 납작한 데다 다리가 수십 개 달린 벌레가 질겁하고 달아났다.

"야, 여기 와 봐. 러닝 머신 움직인다."

나와 친구는 책을 집어 던지고 다른 친구가 부르는 방으로 달려갔다. 친구가 러닝 머신 위에서 달리는 시늉을 하고 있었다.

"여기가 걔네 집이었을까?"

"모르지."

"걔하고 연관은 있을 거다. 그러니까 여기 와서 그러는 거지."

"그런데 아까 그 애 스케치북에 뭐라고 적혀 있었냐? 진짜 궁금하다."

"이렇게 적혀 있었던 거 같다."

"말해라."

"꽃이 금방 필 거다…… 아닌가? 아무튼 꽃이 어쩌고……였던 거 같다."

"그 나무에 꽃 폈었냐?"

"아직 꽃 필 때는 아니지."

"남쪽 지방엔 꽃이 핀 곳도 있다더라. 벚꽃 개화했다고 뉴스에도 나오더라."

우리 셋은 러닝 머신 위에 나란히 올라서서 달리는 시늉을 했다.

"그런데 이 러닝 머신 멀쩡해 보이는데 왜 버렸을까?"

"요즘은 컴퓨터 장착된 러닝 머신도 있다. 뛰면서 인터넷 하고…… 이 정도면 구식이라 공짜로 줘도 안 가진다."

우리는 한꺼번에 러닝 머신 위에서 뛰어 내려와 거실 창을 통해 부리나케 밖으로 튀어나왔다. 마당이나 실내에 쌓인 쓰레기 더미만 아니면 꽤 좋은 집 같았다.

"그런데 저 나무 봐라. 금방 꽃 필 거 같지 않냐?"

우리는 장애물 넘기를 하듯 쓰레기들을 뛰어넘어 가면서 다시 대문 자리 쪽으로 몰려나왔다. 그리고 나무를 올려다보았다. 자세히 보니 나뭇가지마다 딱딱하고 작은 망울들이 따개비처럼 다닥다닥 붙어 있었다.

"이게 다 뭐냐?"

"봉오리 아니냐."

"야, 그런데 진짜 많다. 원래 봉오리가 이렇게 많이 달리는 거냐?"

"이 봄이 마지막인 줄 나무도 아는 거겠지."

우리는 순간 탄성과 한숨을 터트렸다. 다 같이 나무를 올려다보았다. 뭔가 금방이라도 우중충한 껍질이 팡, 팡, 팡 터지면서 꽃이 튀어나올 것 같았다. 위태로운 기분이 들었다. 눈 깜짝할 새 우리 모두가 이 세상에서 흔적도 없이 사라져 버릴 것 같았다. 그렇게 무서운 기분은 처음이었다. 나는 침을 꿀꺽 삼켰다.

"우리 늦었다."

친구가 담담하게 일깨워 주었다. 사실 우리 셋 모두 알고 있었다. 이미 학원 수업이 시작된 시간이었다. 그런데 아무도 입을 열지 않고 있었다. 그리고 이제 아무리 서두른다 한들 학원 수업 시간에 맞춰 가는 일은 불가능하다는 것도 알고 있었다. 친구가 바로 그 사실을 알렸던 것이다. 다시 말해 친구의 말은 '서둘러 학원에 가자!'라는 뜻이 아니라, '오늘 하루 빠지자!'라는 뜻이었다. 상황이 이러니 어쩔 수 없게 되었다는 의미로 우리 셋은 한숨을 푹 쉬었다. 공모의 한숨이었다.

다음 순간 우리 셋은 나무 아래서 겅중겅중 뛰었다. 갑자기 깨달은 자유를 만끽하기 위해 셋이 의기투합해 어깨동무를 하고 소리 없는 환호성을 올렸다. 다들 너무 기뻐서 눈물이 찔끔했다.

"기왕 왔으니, 동네 안으로 들어가 보자."

친구가 말했다.

"그러자!"

내친김에 우리는 동네 안으로 들어갔다. 막상 한 바퀴 돌고 나니 동네는 별거 아니었다. 넓은 동네도 아니었다. 텅 빈 집 몇 채와 역시 텅 빈 공장들과 또 텅 빈 닭장과 텅 빈 축사뿐이었다. 텅 빈 오리고기 식당도 있었다. 텅텅 빈 동네를 살피면서 다니자니 끝에 가서는 기가 질렸다.

"가자!"

우리는 서둘러 그 구역을 빠져나왔다. 사거리 학원가에서 남은 시간을 마저 죽인 뒤 우리는 아파트 단지로 돌아왔다.

운 좋게도 그날 우리가 학원 빼먹은 일은 발각되지 않았다. 학원 선생님도 부모님들도 모르게 넘어갔다.

우리가 그곳에 갔다 온 뒤에도 그 애는 얼마 동안 그 일을 계속했던 거 같다. 그 애에 관한 소문이 한동안 더 시끄러웠다. 막상 우리는 그 애에 대해서라면 입을 다물었다. 그 애에 관한 한 함구하기로 비밀결사라도 맺은 것처럼 모른 체했다. 직접 봐서는 안 될 신비한 장면을 보기라도 한 것처럼.

얼마 후, 그곳에 함께 갔던 친구가 그 애에 관한 소문 한 가지를 얻어들어 왔다.

"이건 사실인지 아닌지 모르겠는데."

친구 말에 따르면 누군가 그 애한테 그런 쓸데없는 일을 왜 하냐고 물었다는 거였다. 그때 그 애는 이렇게 답했다고 한다.

'그냥. 뭐라도 해 주고 싶었어.'

"그게 다냐?"

"다다."

"난 또, 대단한 사연이라도 있는 줄 알았지."

"그게 대단한 거지."

"뭐가."

"나무한테 뭐라도 해 주고 싶은 거."

"하긴 그렇다. 나무한테 뭘 해 주고 싶다니."

우리는 좀 머쓱해졌다.

한 열흘쯤 더 지난 어느 날이었다. 학원 수업이 끝나고 사거리에 우루루 풀려나왔을 때였다. 밤이었다. 봄이 완연했다. 친구가 문득 말했다.

"그 나무, 꽃 피었을 것 같지 않냐?"

"그 나무 벚나무 같던데."

"복숭아나무나 살구나무일 수도 있다."

"가 보면 알겠지."

그 밤에, 미친 짓인 줄 알았지만 우리 셋은 벌써 그곳으로 길을 잡고 있었다. 한 번 가 봤던 길이라 어렵지 않았다. 그런데 그 구역에 들어서자 무지막지하게 깜깜했다. 가로등도 입구에 하나뿐이고, 불을 밝힌 집도 없었다. 한때 사람들이 살던 동네가 그렇게 깜깜할 줄은 상상도 못 했다. 멀리 사거리나 아파트 단지 불빛들은 거기까지 닿지 않았다. 우리는 휴대폰 랜턴으로 길을 비춰 가면서 그 나무가 있는 집을 찾아갔다.

"야, 저기다 저기."

친구가 먼저 속삭였다. 나도 막 그 나무를 알아본 참이었다. 어둠 속에 희고 커다란 덩어리가 공간을 덩그러니 차지하고 있었다. 꽃들이 활짝 피어난 나무가 어둠 속에 고요히 서 있었다. 깜깜한 밤에 아무도 살지 않는 동네 한가운데 혼자 서서 꽃들을 환하게 피워 올리고 있었다.

우리 셋은 아무 말도 하지 않았다. 숨을 죽이고 나무를 향해 천천히 걸어갔다. 막상 나무 아래 다다라 한 일은 없었다. 인증 사진 같은 것도 찍지 않았다. 그냥 나무 아래서 서성이다 돌아온 게 다였다.

여름이 오기 전 그곳에선 대대적인 공사가 시작되었다. 동네도 나무도 사라졌다. 버스를 타고 그 지역 앞을 지나가면 붉은 흙이 드넓게 파헤쳐져 있었다.

그 애가 서 있던 그 자리도, 그 나무도 이젠 이 세상에 없다. 하지만 그날 밤에 보았던 나무는 내 마음속에 있다. 깜깜한 밤 폐허 한가운데 혼자 서서 환한 꽃송이들을 피워 올리던 나무. 달빛 아래 환하게 피어 있던 흰 꽃 무리. 그 여자애는 그 모습을 보며 자랐을 것이다. 어릴 때부터 매일 보아 온 나무. 매년 꽃을 피우던 나무한테 마음을 전해 준 그 애의 용기가 내 정신 속으로 흘러들어 왔다.

안의 가방

1.

안이 두고 간 가방 앞에 언니와 나란히 앉았다. 내가 속삭였다.

열어 보자.

그럴까.

그래.

에이. 관두자.

왜.

폭발할지도 모른다. 꽝.

둘이 웃고 말았지만 궁금하긴 했다. 베이징 사람들은 여행 다닐 때 가방 속에 뭘 넣어 다니는 걸까.

하지만 그보다 더 궁금한 게 있었다. 그건 가방을 두고 갔으면서 연락이 없다는 것이었다. 투숙객들은 작은 물건 하나를 두고 가도 재깍 연락을 한다. 그런데 안은 연락이 없다. 우리 집에서 보낸 1박이 여행 마지막 날이라고 했으니 지금쯤이면 베이징에 있는 자기 집에 도착하고도 남았을 텐데.

언니 말마따나 정말 폭탄이라도 들어 있는 것일까? 뚜껑을 여는 순간 폭발하도록 설정해 둔 폭탄 말이다.

그게 아니라면 왜 찾으려고 하지 않는 건가. 자기 가방을 잃어버린 줄 모르는 것일까? 버리려고 마음먹은 건가.

캐리어를 통째로 두고 가다니. 이틀이 지나도록 연락조차 없다니. 게스트하우스 삼 년 차인데 아버지도 이런 일은 처음이라고 했다.

안 일행을 맞이한 건 나였다. 안 일행이 온 그 시간에 집에는 나뿐이었다. 예약 손님이 온다는 걸 알고 있었기 때문에 당황하지는 않았다. 예약한 방을 안내만 해 주면 되었다. 여행 마지막 날 밤을 우리 집에서 묵고, 다음 날 베이징행 비행기를 탈 사람들이었다.

안 일행은 여섯 명이었는데, 그중 안이 가장 어려 보였다. 나머지 다섯 명은 직장인이나 대학생 같았다. 안은 언니나 이모를 따라온 건지도 모른다.

안은 스키니 청바지에 양쪽 허리 부분이 길게 트인 노란 치파오 블라우스를 입었다. 치파오 중에는 겨드랑이까지 깊게 트인 것도 있는데 안이 입은 건 갈비뼈 끝단 정도까지 트인 거였다. 치파오 블라우스가 베이징 사람이라는 표시는 아니었다.

안 일행이 중국인이라는 사실을 드러내는 건 말이었다. 안 일행은 계단을 올라가면서 쉴 새 없이 말을 주고받았다. 중국어는 나한테 외계 언어나 마찬가지라 한 마디도 알아들을 수 없었지만 뭔가 재미있는 일이 있는 모양이었다.

안찡.

시시.

중국 말을 모르는 내가 알아들은 건 일행 중 두 사람의 이름이었다. 둘 중 '안'에 붙인 '찡'은 친밀하고 애틋한 사이라는 표현이라고 생각했다. 방을 안내해 주고 돌아서는데 불쑥 안이 이랬다.

하우 올드 아 유?

분명히 나한테 하는 말이었다. 순간 놀랐지만 숨을 고르면서 생각했다. 내 나이는 왜 묻는 거지? 당황한 내 얼굴을 빤히 보더니 안이 웃으면서 다시 물었다.

세븐틴? 에이틴?

세븐틴.

엉겁결에 답하자 안이 손가락으로 자기 얼굴을 가리키면서 이랬다.

세븐틴.

자기도 열일곱이라는 거였다. 같은 나이니까 친하게 지내자는 뜻인가. 내가 게스트하우스 주인처럼 굴어서 신기했던 건가? 열다섯 살 때부터 게스트하우스 일을 도왔지만 손님이 나이를 묻는 경우는 처음이었다. 당황한 내 입에서 이런 답이 튀어나왔다.

생큐.

순간 안 일행의 시선이 모두 나한테 쏠렸다. 그리고 다음 순간 동시에 웃어 댔다. 내가 생각해도 웃겼다. 나이를 알려 줬을 뿐인데 '생큐'라니. 뭐가 고맙다는 건지. 하지만 이미 내뱉은 말이니 주워 담을 수는 없다. 배짱을 부릴 수밖에. 나도 빙그레 웃어 주었다. 그러자 안 일행이 이번에는 맘 놓고 웃는 것 같았다. 웃으라지. 실컷 웃게 그냥 두었다. 이만하면 손님맞이 잘한 거지 뭐. 층계를 내려서려는데 안이 내 뒤통수에 대고 이랬다.

감싸함미다.

난생처음 해 보는 한국어 같았다. 말이라기보다는 '배스킨라빈스'나 '더페이스샵' 간판을 읽는 느낌이었다. 어쨌든 그 말을 내가 알아들었다. 나도 내가 알고 있는 유일한 중국어로 응수했다.

쎄쎄.

그러자 안 일행이 일제히 '쎄쎄' 외쳤다.

2.

아래층에 내려오니 엄마가 와 있었다. 빵집 다녀오는 길이라고 했다. 우리 집은 투숙객들한테 아침 식사를 제공한다. 두세 가지 빵에 잼과 버터, 우유와 커피가 기본이다.

길 건너편에 있는 호텔 조식은 메뉴가 열 가지쯤 된다고 들었다. 조식 가짓수를 제외하고 다른 모든 건 호텔보다 우리 집이 좋다는 게 내 생각이다. 침대 시트는 햇볕에 바싹 말린 깨끗한 것으로 매일 바꾸고, 인공 방향제 같은 건 쓰지 않는다. 얼룩진 매트를 시트로 덮어 놓고 보이는 곳만 대충 청소하는 싸구려 호텔과는 비교도 안 된다. 이건 엄마와 아버지의 자부심이다.

예약 손님들 왔어.

내가 알리자 엄마가 2층을 턱으로 가리키면서 물었다.

어때?

나보고 열일곱 살이냐고 묻던데.

그건 왜 묻는데?

이 나이에 민박집에서 일하니까 신기한 거겠지.

민박집 아니고, 게스트하우스.

그게 그거지.

공연히 손님들한테 인상 쓰지 말고 상냥하게 해!

나 혼자 손님을 맞이해서 심통 부린다고 생각했는지 엄마가 한

마디 찔렀다.

누가 인상 썼대?

그러자 엄마가 이랬다.

너도 나중에 베이징으로 여행 갈지 모르잖아.

아이쿠, 어머니, 베이징 간다고 저 사람들 만날 수 있는 거 아니거든요.

하여간 엄마는 무슨 일이든 너무 멀리까지 생각하는 게 문제다. 계단을 뛰어오르는 나한테 엄마가 소리 질렀다.

친절은 무조건이야. 그건 기본이라고!

네. 네.

건성으로 대답하고 내 방으로 뛰어 올라왔다.

내 방은 3층에 있다. 다락방인데 한쪽 지붕 경사면이 내 방이고, 다른 쪽 경사면이 언니 방이다. 안 일행은 방 두 개를 썼는데 모두 내 방 아래쪽이었다.

안 일행이 아랫방에서 묵던 날이었다. 안 일행은 밤늦도록 창문을 활짝 열어 놓고 떠들었다. 내 방까지 말소리가 올라왔다. 창밖을 내다보면서 소리치기까지 했다. 어쩌면 담장을 둘러친 분홍장미를 보면서 탄성을 질렀던 건지도 모른다. 희미한 보안등 불빛 아래 피어난 우리 마당 덩굴장미를 보면 누구든 감탄하기 마련이다. 사진도 찍는 것 같았다. 어쩌면 우리 집을 각자의 인스타

그램 계정에 올렸을 수도 있다.

게스트하우스를 처음 시작했을 때는 아버지가 트위터에 매일 사진을 올렸었다. 이제 그런 건 접었다. 우리 집은 제주도나 울릉도에 있는 민박들과는 다르다. 여긴 국제공항 근처다. 단기 투숙객이 대부분이다.

특이한 경우도 있긴 있다. 우리 집에서 일주일이나 머문 사람이 있었다. 그 호주 사람은 우리 집에 머물면서 매일 아침 공항 철도를 타고 서울 도심에 나갔다가 저녁에 다시 돌아오곤 했다. 아버지는 우리 집이 숙박비가 싸서 차비와 시간을 고려하더라도 서울 한복판에 있는 게스트하우스보다 나아 그런 모양이라고 했다. 내 생각은 좀 달랐다. 그 사람은 우리 집이 마음에 들었던 거 같다.

하지만 그 호주 사람 같은 경우는 거의 없다. 무엇보다 오래 투숙하는 사람은 우리가 불편하다. 장기 투숙객들과는 낯을 익혀야 하고, 더 신경 써야 하고, 어쩔 수 없이 친해지기 때문이다. 투숙객과 친해진다는 것은 약간 '위험'한 측면이 있다. 엄마와 아버지가 가장 경계하는 게 바로 투숙객과 친해지는 것이다.

그날 밤 안 일행이 나보다 늦게 잠든 것만은 틀림없다. 잠에 빠져들면서 어렴풋하게 웃음소리를 들은 것도 같다.

3.

베이징 사람들 연락 왔어?

학교에서 오자마자 물었다. 대답 대신 엄마가 이랬다.

위에 올라가서 그 캐리어 좀 들고 내려와.

왜.

그 방 예약됐어. 다용도실에 넣어 두게.

버리고 간 건가.

내가 중얼거리면서 계단을 오르자 엄마 역시 중얼거렸다.

버릴 거면 왜 여기다 버리냐. 참 별일이 다 있네.

방문을 활짝 열고 들어갔다. 안이 쓰던 방은 방문과 창문이 마주 보고 있어서 뭔가 속 시원한 방이다. 청소는 말끔하게 되어 있었다. 내 방보다 더 깨끗했다. 내 방은 내가 내킬 때만 청소하지만 투숙객들 방은 아버지가 매일 청소한다. 청소와 홍보 담당은 아버지고, 요리와 예약 관련 일은 엄마가 한다.

안이 두고 간 캐리어는 벽에 바싹 붙어 있었다. 손잡이를 뽑아 올리지 않고 그냥 들고 나왔다. 가방 크기에 비해 가뿐했다. 텅 빈 가방 같지는 않았다. 뭔가 들어 있기는 한 것 같았다. 무게 나가는 물건은 들어 있지 않은 듯했다. 책이라거나, 노트북 같은 게 들어 있는 가방은 아니었다.

1층 다용도실 구석에 가방을 밀어 넣는 엄마를 향해 내가 속삭였다.

마당에 두는 게 좋을지도 몰라.

엄마가 나를 힐끗 보면서 되물었다.

이걸 왜 마당에 둬.

언니가 폭발물 들었을지 모른댔어.

뭐?

테러하려고 폭탄 설치해 둔 가방일 수도 있댔어.

우리 집에 무슨 원한이 있다고 테러를 해!

엄마가 들어선 안 될 말을 들은 것처럼 벌컥 화를 냈다.

내가 아니라, 언니가 그랬다니까!

쓸데없는 공상 하지 말고 얼른 올라가 네 방 청소나 좀 해!

공연히 폭발물 이야기를 해서 엄마 화만 터트렸다.

*

안이 베이징행 비행기를 탄 날은 수요일이었다. 공휴일에 개교기념일까지 끼어 짧은 방학 같은 주였다. 그날따라 아침 7시에 일어났다. 늦잠 자도 되는 날인데 일찍 깼다. 잠에서 깨긴 했지만 침대에 누워 뒤척거리고 있었다.

안 일행은 벌써 일어나서 움직이는 모양이었다. 창문 쪽으로 두런거리는 말소리가 올라왔다. 다른 방은 다 조용한데 안 일행이 쓰는 두 방에서만 말소리가 끊이지 않았다. 말소리가 이어지는 가운데 방문이 열리면서 계단 쪽으로 몰려 내려가는 소리가 왁자했다. 조심한다고 하는 것 같은데 여섯 명이 한꺼번에 움직이는 소리는 어쩔 수 없었다.

조식 먹으러 내려가는 모양이었다. 우리 집은 1층에 식당이 있다. 조식은 투숙객들이 알아서 찾아 먹을 수 있도록 준비만 해 둔다. 투숙객들은 빵과 일회용 버터, 잼을 접시에 덜어 담고 커피를 내리거나 주스 또는 우유를 따르기만 하면 된다.

우리 집만의 특별한 조식 메뉴도 있다. 바로 컵라면이다. '외국인들이 컵라면 맛을 알까?' 싶었는데 예상외로 컵라면은 인기 있다. 컵라면과 함께 먹도록 깍두기까지 준비해 두었다. 엄마한테 들은 바에 따르면 그날 아침 안 일행은 컵라면에 깍두기를 엄청 먹었다고 한다. 엄마가 버무린 깍두기는 매콤하고 시원하다. 컵라면에 잘 익은 칼칼한 깍두기 국물을 부어 먹는 비법을 안이 알았다면 더 좋았을 텐데.

조식을 마친 안 일행은 다시 2층으로 올라왔다. 얼마 후 다시 방문이 열리고 안 일행이 쏟아져 나가는 소리가 들렸다. 가방 끄는 소리, 장난치는 소리, 서로 말을 주고받으면서 계단을 내려가는 소리가 뒤엉킨 채 멀어져 갔다. 이윽고 1층 현관문 닫히는 소리와 함께 집 안이 조용해졌다.

가는 건가. 나는 침대에서 일어나 앉았다. 내 방 창은 마당 쪽으로 나 있어서 안 일행이 가는 모습을 내다볼 수 있었다.

안 일행이 마당을 빠져나가 빈터 쪽으로 가고 있었다. 그들은 아직 주택이 들어서지 않은 빈터 앞에서 도로 쪽으로 나섰다. 도로와 주택 단지 사이를 가르는 완충지 언덕 때문에 더 이상 보이지 않았지만 어디로 갈지는 가늠할 수 있었다. 건널목을 건너 공항 철도역 쪽으로 갈 터였다. 어딘가에서 시간을 보내다가 출국 시간에 맞춰 공항으로 가겠지. 비행기만 타면 베이징은 금방이다.

나는 다시 드러누웠다. 누워서 창밖 하늘을 보며 베이징 생각을 좀 했다. 베이징이라면 영화에서 본 적 있었다. 전에 언니와 둘이 「마지막 황제」라는 영화를 봤는데 그때 그 궁궐이 베이징에 있는 자금성이라고 했다. 그리고 또 뭐가 있지? 천안문 광장이 베이징에 있나. 내가 아는 베이징은 그 정도가 다였다. 불쑥 베이징에 가고 싶다는 생각이 들었다. 베이징에 간다 해도 안을 만날 일은 없겠지만 그래도 베이징이라는 도시에 한번 가 보고 싶었다. 언젠가 꼭 가 봐야지. 난데없는 결심까지 했다.

하우 올드 아 유?

안이 말을 걸었을 때 자금성이나 천안문을 안다고 대답할 걸 그랬나? 하지만 그 말을 영어로 하려면 어떻게 해야 하지? 중국말을 모르고 베이징 말은 더욱 모르니 영어로 해야 할 텐데. 내 영어 실력은 머릿속에서 정리를 한참 한 후에야 겨우 나오는 정도고. 순발력이 필요한 순간에는 더 꽉 막히고 만다. 안도 나와 다르지 않을 것이다. '하우 올드 아 유?' 하고 물을 때 어설프던 발음을 보면 그렇다.

베이징행 비행기는 오후 1시 넘어야 뜬다. 공항 근처에서 게스트하우스를 하자면 주요 도시로 출발하는 비행 시간 정도는 알아야 한다.

안 일행은 아침 일찍 나섰으니 출국 시간까지 근처 여기저기 둘러볼 것이다. 근처에 둘러볼 수 있는 곳은 해변 정도다. 배를 타고 가까이 있는 섬에 가 볼 수도 있겠지만, 그건 좀 무리일 것이다. 섬은 하루 일정은 잡아야 한다. 무엇보다 외국인 여행자들은 공항 근처 섬에는 잘 안 간다. 자투리 시간이 있으면 쇼핑하는 걸 더 좋아하는 것 같다.

아무튼 베이징으로 가는 비행기가 오후부터 있으니 적어도 다섯 시간은 돌아다녀야 할 것이다. 그런데 그동안 가방을 두고 갔다는 것을 몰랐을까. 아니면 다시 돌아와서 가져가려고 했는데, 잊어버린 건가? 잊고 갔다면 비행기를 타기 전에는 알아차려야 하는 거 아닌가. 그랬다면 전화를 하거나 가지러 왔을 것이다. 그게 아니라면 버스 정류장이나 공항 철도 안에서 잃어버렸다고 생각한 건가. 그래서 포기한 걸까?

4.

안이 두고 간 캐리어는 보통 크기였다. 여행 일정이 일주일이라 했으니 적당한 크기였다.

대륙 스타일치고는 작네.

언니가 말했다.

언니는 중국인 여행객들에 대해 몇 가지 편견을 가지고 있다. 그중 하나가 중국인 여행자들은 커다란 캐리어를 끌고 다닌다는 것이다. 이삼일 일정에 이 주 치는 됨 직한 캐리어를 끌거나 일주일 일정에 한 달짜리 캐리어를 끈다고 생각한다. 그런 걸 대륙 기질이라고 여긴다.

안의 캐리어에는 항공사 수화물 영수증이 붙어 있었다. 베이징에서 올 때 붙인 스티커 영수증이었다. 그러니 캐리어는 분명 베이징에서 올 때 가지고 온 게 틀림없다. 이곳에 와서 새로 산 건 아니라는 말이다.

캐리어에 항공사 영수증 말고 다른 건 없었다. 이름표라거나, 잠금장치에 매달아 두는 인형이라거나. 자기 물건이라고 특별히 해 둔 어떤 표시도 없었다. 지퍼 고리와 자물쇠도 풀려 있었다. 지퍼를 살짝 밀어 보았다. 쉽게 밀렸다. 비밀번호도 설정해 놓지 않은 걸 보면 중요한 물건은 들어 있지 않다는 뜻일까? 내가 묻자 언니가 잠시 생각하는 눈치더니 이렇게 말했다.

이거, 버린 가방일 수도 있겠는데.

버린 거라면 쓰레기가 잔뜩 들어 있을지도 몰랐다.

아무래도 열어 봐야겠다.

남의 가방을 열어 봤다가 나중에 문제 생기면 어쩌려고.

문제 안 생기게 살짝 열어 봐야지. 그리고, 안 열어 봤다간 더 큰 문제 생길 수도 있어.

언니 말이 무슨 뜻인지 감을 잡을 수 없었다. 입을 닫고 언니를 바라보자 언니가 약간 진저리 치듯이 말했다.

시체가 들어 있을 수도 있다고!

나는 놀라지 않은 척 짐짓 태연하게 대꾸했다.

그런 가방은 아니야. 시체가 들어 있다면 무게가 달랐을 거야.

들어 봐서는 모른다. 만약 시체가 있다면…… 동물이라거나……. 아무튼 확인하고 신고해야 할 거면 빨리 신고해야지. 뭐가 들었는지도 모르는데 집에 두는 게 더 위험해!

절대 시체가 들어 있을 리는 없었다. 내가 들고 내려와 봐서 무게를 안다. 기껏해야 인형 같은 게 들어 있을 정도의 무게였다. 하지만 꽉 닫혀 있는 캐리어 안에 뭐가 들어 있을지는 모르는 일이었다.

그럼, 엄마나 아버지하고 같이 열어 봐.

언니가 벌써 지퍼 고리를 잡고 말했다.

일단 열어 보고 문제 있으면 부르자.

언니가 지퍼를 돌리기 시작했다. 공연히 침이 꼴딱 넘어갔다.

주우욱.

언니가 단숨에 지퍼를 빙 돌렸다. 그러곤 숨을 한 번 크게 쉬고 뚜껑을 들어 올렸다.

거봐, 시체 같은 건 없지.

가방 속을 내려다보면서 내가 중얼거렸다.

웬 옷이 이렇게 많아. 일주일 일정이라던데.

시체 없는 건 다행이라는 듯 언니도 중얼거렸다. 하지만 옷이 많은 건 좀 의아했다. 일주일 치가 아니라, 한 달 치라 해도 될 정도로 많은 옷이 가방 안에 꽉 들어차 있었다.

옷 쇼핑하러 왔었나?

언니가 또 중얼거렸다. 나도 중얼거렸다.

베이징엔 옷 살 데가 없나?

여기서 사 가는 게 더 좋다고 생각한 모양이지.

그럼 우리가 베이징 가면 뭘 사 와야 하지?

넌 아직도 여행을 물건 사러 가는 건 줄 알아?

그건 아니었다. 하지만 여행 가면 뭐라도 사 와야 한다고 생각하는 건 맞는다. 언니는 입으로는 나와 말하면서 손으로는 가방 속을 샅샅이 뒤지는 것 같았다. 숨겨 둔 뭘 찾기라도 하는 것처럼. 한참 동안 옷 사이사이는 물론이고 모서리와 뚜껑 속주머니까지 뒤적거리던 언니가 갑자기 단호하게 말했다.

덮어.

왜.

뭔가 으스스하다.

언니 목소리가 농담만은 아닌 것 같았다. 남의 가방을 뒤적거렸으니 기분 좋을 리 없었다. 내 등골도 으스스해지는 것 같았다. 나는 재빨리 지퍼를 다시 돌려 잠그고 가방을 벽에 바짝 붙여 세웠다. 언니가 일어서면서 한시름 놓았다는 듯 말했다.

다행이다.

뭐가 다행이야?

난 또 마약이라도 숨겨 둔 줄 알았네.

마약?

쉿.

언니가 손가락을 흔들었다. 나는 입을 다물었다. 잠깐 숨죽이고 있던 언니가 입을 열었다.

여행객들 이용하는 마약상도 있다니까. 혹시나…… 뭔가 문제가 생겨서 가방을 버리고 갔나 싶었지.

마약상?

무기상도 있고.

총 말하는 거야?

그렇다니까.

가방 안에 그런 건 없는 거 맞지?

일단 그래 보여. 신고할 필요는 없을 거 같네.

이번엔 내가 참았던 숨을 푹 내쉬면서 한마디 했다.

진짜 다행이다.

왜.

언니한테 대답은 하지 않았지만 기분이 좀 그랬다. 언니들 따라 여행 온 열일곱 살짜리가 마약이나 총기 운반 같은 일에 연루되어 있다면 너무 실망할 것 같았다. 그래서 다행이라는 거였다.

다용도실에서 나와 계단을 올라가던 도중에 언니가 속삭였다.

저 가방, 아무래도 버리고 간 거 같다.

저렇게 새 옷이 많은데?

본인한테는 지겨운 옷일 수도 있지 뭐.

지겹다고 옷을 버려?

옷이 찢어져서 버리는 시대는 아니지.

하긴 그랬다. 나만 해도 옷은 지겨워지면 버리는 거였다. 나한테 지겨워졌다는 건 더 이상 입고 다니기 쑥스러워졌다는 뜻이다. 유행이 지났다거나, 너무 여러 번 입고 다녔다거나, 오랫동안 옷장만 차지한다거나, 그런 이유로 옷들을 버린다.

5.

안 일행이 가는 날 아침에 창으로 내려다보았는데, 그땐 왜 알아차리지 못했을까. 안만 캐리어를 끌지 않았을 텐데 왜 눈치채지 못했을까. 언니한테 물었다.

안하고 함께 왔던 사람들도 몰랐을까?

뭘.

안이 가방을 두고 간 거 말이야. 다들 캐리어를 끄는데 안 혼자 빈손이었을 테잖아. 그런데 정말 아무도 몰랐다는 게 말이 돼?

어쩌면…….

왜.

작정했을지도 몰라. 캐리어를 버리기로 함께 모의했을지도 모르고. 저 캐리어 안에 각자 버릴 만한 옷들을 모은 걸 수도 있어. 그래서 찾으러 오지 않은 것일 수도 있지. 그런 게 아니라면 아무리 둔해도 공항에서는 누군가 알아차렸어야 하잖아? 그런데 그냥 가 버린 걸 보면.

알았다 해도 귀찮아서 포기했을 수도 있어. 너무 성가시잖아. 귀중품도 아닌데 다시 찾으려면 여기까지 되돌아와야 하고. 여기저기 연락해야 하고. 생각만 해도 귀찮네.

나는 어쩐지 안 편을 들어 주는 말을 쏟아 냈다. 언니는 내 말을 듣는 둥 마는 둥 생각에 잠겨 있더니 불쑥 입을 뗐다.

뭔가 이상하긴 해. 가방도 그렇고 안에 들어 있는 물건들도 버리기엔 사실 새 옷들이잖아.

버릴 이유가 없다는 거야?

그래. 그런데 버렸으니…… 우리가 모르는 사정이 있는지도 모르지. 그런데 말이야. 그 캐리어…… 안인가 하는 애 거 맞아?

끌고 들어오는 거 내가 봤어.

그래?

응.

나도 갈 때 봤는데. 그 캐리어랑 모양이 똑같은 거 끌고 나가는 사람 있었어.

누구?

머리칼 염색했던 사람 같은데……. 여기 두고 간 캐리어랑 같았어. 분홍색에…….

알아. 처음 올 때 나도 봤어. 비슷한데 똑같지는 않아. 분홍색이고 같은 모양이긴 한데 그건 테두리가 까만색이야.

분명해?

그리고 크기도 좀 달라.

확실해?

언니가 확인하듯이 다시 물었다.

그렇다니까!

답해 놓고 나서 생각해 보니 좀 헷갈리긴 했다. 안 일행이 제각

각 끌고 온 캐리어들이 전부 비슷했던 것 같기도 했다. 하지만 다용도실에 있는 저 분홍색 캐리어는 안의 물건이 맞았다. 안이 끌고 들어오는 걸 내가 분명히 봤다.

하기야, 저 캐리어가 안의 것이든 아니든 그런 건 사실 별로 중요하지 않은 것 같았다. 안이 가방을 버리려고 작정을 했건, 나중에 잃어버린 사실을 알았건 그것도 별로 중요하지 않은 듯했다.

중요한 건 안이 저 캐리어를 찾지 않는다는 점 같았다. 깜빡 잊고 두고 간 쪽이라고 해도, 찾지 않는다는 건 결국 버렸다는 거니까.

부모님은 안의 가방을 경찰에 신고할 필요까진 없다고 했다. 엄마와 아버지도 안의 가방을 살펴봤는데 위험한 일에 연루된 낌새는 없었다는 것이다. 하지만 당분간은 보관하고 있어야 한다고 했다. 당장은 아니더라도 나중에 찾으러 올지 모른다고도 했다. 몇 개월 후에라도 찾으러 올지 모르고, 직접 오지 않는다 하더라도 아는 사람을 통해 찾으러 올 수도 있다고 했다.

그럼 언제까지 보관해요?

일 년은 보관해야 하지 않을까 싶네.

일 년이 지나도 찾지 않으면요?

일 년 뒤에도 아무 연락이 없으면, 그 일은 그때 가서 생각하자.

캐리어를 경찰에 넘기면 그다음엔 어떻게 돼요?

아마 창고에 처박아 두다가 보관 기일이 지나면 경매에 넘기려나? 아니면 소각하려나?

불태워 버린다고요?

그러지 않을까? 뭐, 귀중품은 빼겠지만. 가방 안에 귀중품은 없어 보이던데.

본인한테는 귀중한 물건일 수도 있잖아요.

귀중한 거면 여태 아무 소식이 없으려고.

하긴 그랬다. 귀중한 뭔가가 가방 안에 들어 있다면 어떤 경로를 통해서건 벌써 연락이 왔을 것이다.

안의 가방 문제는 일단 그렇게 정리되었다.

하지만 나는 안의 가방 문제를 정리하지 못하고 있었다. 저 가방의 운명 때문이라거나, 안이라는 사람이 궁금해서가 아니었다. 안이 정말 저 가방을 버린 게 맞는다면, 왜 버리기로 했는지 그 이유가 궁금했다. 낡은 백팩도 아니고, 끈 떨어진 슬리퍼도 아니고, 새 옷이 가득 들어 있는 멀쩡한 캐리어를 버리려고 마음먹었을 땐 무슨 이유가 있어야 할 거 아닌가. 바로 그 이유가 궁금했다.

6.

어느 일요일 늦은 오후였다. 언니와 둘이 자전거를 끌고 나왔다. 동네를 한 바퀴 빙 돌아 새로 조성된 신도시까지 갔다 오기로 했다. 돌아올 때는 숲으로 난 산책로에 들어섰다. 바다로 통하는 구름다리가 있는 곳에서 언니가 자전거를 세웠다. 언니와 나는 자전거를 끌고 구름다리를 건넜다. 구름다리 끝은 바다로 내려가는 계단이었다. 하지만 바다까지 내려가진 않았다. 우리는 다리 끝에 서서 공항 쪽을 바라보았다. 멀리 비행기 한 대가 날아오르고 있었다.

그 캐리어 말이야.

내가 말을 꺼냈다. 언니는 내 말을 듣는 둥 마는 둥 했다. 그러거나 말거나 나는 또 물었다.

왜 버리기로 했을까.

비스듬히 기울어진 자전거를 바로 세우면서 언니가 말했다.

찾겠다고 나서면 시간이나 비용이 얼마나 많이 들 거야. 차라리 버리는 게 낫다고 생각한 모양이지. 나 같아도 그러겠다.

언니 대답이 성에 차지 않았다. 내가 입을 다물고 있자 언니가 말을 이었다.

어쩌면…… 여기서 샀는데 알고 보니 중국제라서 기분 나빴을 수도 있고. 그래서 버린 걸 수도 있지.

기분 좋았을 수도 있을걸? 자기네 나라 물건을 여행지에서 샀으니까.

여행지에서 사는 물건은 자기가 사는 곳에서는 쉽게 살 수 없는 거라는 기대가 있어야지.

언니가 자전거를 돌리면서 말했다. 나도 자전거를 돌려 세웠다.

가자.

언니가 앞서고 내가 뒤를 따랐다.

구름다리 중간쯤 지날 때 내가 물었다.

가방 안에 들어 있는 옷들 아깝지 않았을까?

언니가 잠깐 생각하는 눈치더니 이렇게 말했다.

그런 건 베이징에서도 얼마든지 살 수 있어. 베이징뿐 아니라, 세계 어디서든 살 수 있는 것들이야.

그렇다 해도 가방 통째로 버릴 건 없잖아.

버릴 것까진 없지.

그렇지?

응.

그런데 왜 버렸지?

내가 보채듯이 물었다.

구름다리를 건너와 산책로에 접어들어서도 언니는 자전거 위로 올라타지 않았다. 나 역시 자전거를 끌고 언니와 간격을 맞추면서 걸었다. 한참 걷다가 언니가 불쑥 물었다.

전에 우리 모로코에 갔을 때 기억나니?

탕헤르?

그래.

당연히 기억난다. 탕헤르는 엄마와 아버지 그리고 언니와 나 넷이서 함께 여행하며 들렀던 도시다. 그때 우리는 거의 한 달간 여러 도시를 여행했는데 아버지는 모로코를 특별한 곳이라고 했다. 그곳에 현생 인류가 살았던 정주지가 있기 때문이라고 말했다.

호모 사피엔스 사피엔스.

그래, 현생 인류의 조상. 최초의 우리가 모여 살았던 흔적이 거기서 발견되었다고 했잖아.

그런데 그게 왜?

그때 탕헤르 숙소 근처에 있던 맥도날드에서 햄버거 먹었던 거 생각나?

응.

어떤 기분이었어?

그건 왜?

묻고 나서 몇 걸음 걷다가 다시 물었다.

언니는 어땠는데?

나는 그때 갑갑했어.

갑갑하다니. 뭐가.

모로코, 탕헤르, 거긴 좀 다를 거라는 기대를 했어. 더 정확히 말하면 다른 뭔가, 혹은 우리를 둘러싸고 있는 세계의 다른 층위를 만나기 위해 여행한다고 생각했거든. 뻔히 아는 역사로는 설명되지 않는 더 근원적인 뭔가 말이야. 그리고 탕헤르는 그런 걸 발견하게 해 줄 거라고 기대했지. 그런데 그런 곳에서 맥도날드를 만난 거야. 사실 탕헤르뿐 아니라, 우리가 갔던 모든 도시가 같았지.

그때는 맥도날드가 반갑다고 했었잖아.

그래, 그때는 익숙한 장소를 만난 게 반가웠어. 그랬는데 시간이 지날수록 답답한 거야. 숨이 막힐 것 같다고 해야 하나.

왜?

갇혀 있는 기분이랄까. 조롱당하는 기분이랄까. 이 세상에 낯선 곳은 아무 데도 없고, 어딜 가든 만날 수 있는 똑같은 햄버거 가게라니. 뭔가 굉장한 힘이 모든 장소를 똑같게 만들어 버리는 것 같았어. 숨을 곳도, 다른 생각을 할 기회도 없는 평평한 세상으로 만들어 버리는 것 같아. 장소뿐 아니라, 사람들도 마찬가지로 모두 똑같아지는 것 같고.

그래서 갑갑했어?

지금 생각해 보니 갑갑하다기보다, 실망했던 것 같아. 어쩌면 안 그 애도 그런 걸 느낀 거 아닐까? 여행지에 와서 뭔가 잔뜩 샀는데, 실은 자기네 동네에서도 살 수 있는 것들을 잔뜩 사 들고 돌아가려니 답답했던 건지도 모르지.

그래서 가방을 버렸다고 생각하는 거야?

모르지. 이건 그냥 내 생각일 뿐이야.

몇 걸음 더 걸어 나가다가 언니가 물었다.

참, 너 거기서 사 온 팔찌 어쨌어?

언니가 말한 팔찌는 탕헤르에서 사 온 기념품이었다.

어디 있을걸? 그건 왜.

내일 나 좀 빌려줘.

어디 뒀는지 몰라.

하여간 너는 물건 간수를 너무 못해서 큰일이야.

언니가 말은 그렇게 했지만 별 실망은 하지 않는 것 같았다. 자전거에 올라앉으면서 외치듯 이렇게 말한 걸 보면 알 수 있었다.

달려 볼까?

그날 밤 침대에 누워 창밖을 내다보던 나는, 자리에서 일어나 책상 앞에 가 섰다. 문득 책상 위에 있던 폰을 집어 들었다. 그리고 그들이 부르던 '안찡'을 검색했다. 그 이름은 '고요하다'는 뜻이었다. 고요하다. 고요하다. 나는 혼자 속삭이면서 폰을 닫고 다시 침대 쪽으로 갔다. 그러다 불현듯 뒤돌아서서 책상 앞으로 다가가 두 번째 서랍을 열고 뒤적거렸다. 서랍 속에 그 팔찌가 없었으면 하고 바랐다. 나도 모르는 사이에 잃어버렸으면 좋겠다고 생각했다.

사실 나는 그 팔찌가 마음에 들지 않았다. 살 때는 마음에 들어 산 거였는데 여행에서 돌아와 보니 김이 빠져 버린 것처럼 시시하게 느껴졌다. 그래서 이것저것 모아 두는 서랍 속에 던져 넣었던 것이다. 그러곤 잊고 있었다.

팔찌는 서랍 속에 있었다. 파란색, 분홍색 돌들이 촘촘히 박힌 팔찌를 들어 올렸다. 길게 늘어트린 팔찌를 잠시 들여다보다가 손아귀에 모아 쥐고 쓰레기통에 던져 넣었다. 차르륵. 팔찌가 쓰레기통 속으로 떨어져 내렸다.

그 순간의 기분을 어떻게 설명할까. 나는 어쩐지 가뿐한 기분이 되어 침대 위로 뛰어올랐다. 잠시 뒹굴다가 가만히 누워 천장을 보면서 생각했다. 안은 가방을 찾으러 오지 않을 것이다. 그렇게 생각하는 나는 조금 전의 나와는 다른 나 같았다.

간신히

간신히가 다른 사람들과 약간 다른 점은 자정이 되면 편의점 문을 밀고 들어온다는 거였다. 꼭 자정이었다. 플러스마이너스 오 분 정도의 평균 오차가 있을 뿐, 밤 12시면 나타났다. 매일 자정에 온다는 사실 때문에 내가 간신히를 기억하는 건 아니었지만, 그를 눈여겨보게 된 이유는 되었다. 자정이 되면 어김없는 소리와 함께 간신히가 왔다.

딸랑.

예약이라도 한 고객처럼 간신히가 오면 전임자는 인사했다.

어서 오세요.

보통 편의점에서는 손님이 와도 인사 따위는 안 한다. 편의점 알바의 좋은 점이 그것이다. 공연히 웃는 낯을 할 필요가 없다는 것. 그런데 전임자는 나와 함께 근무하던 삼 일 동안 꼬박꼬박 인사했다. 막상 간신히 쪽에서는 자기 몫이 아닌 양 인사를 무시해 버렸다. 그러거나 말거나 전임자는 인사했다. 간신히한테만 인사한 것은 아니었다. 밤 11시쯤부터 '딸랑' 소리가 나면 퍽 성의 있게 인사했는데, 편의점 사장에게 돋보일 마음은 아니었던 것 같다. 그럴 생각이었다면 내내 그랬겠지.

전임자가 간신히한테 인사하기 위해 연습을 해 둔 것 같다는 생각을 나중에 하게 되었다. 뚱하니 손님을 대하다가 갑자기 '어서 오세요.' 인사하기란 얼마나 힘든 일인가. 그래서 간신히가 오기 전 몇몇 손님을 향해 연습용 인사를 한 것 같다. 더 시간이 지나서야 나는 전임자가 간신히한테 건넨 꽤 친밀한 인사의 의미를 알게 됐다.

아무튼 간신히는 내가 그 편의점에서 일하는 한 달 동안 매일 자정에 똑같은 차림새로 나타나 똑같은 상표의 컵라면에 유통 기한이 임박한 삼각김밥을 먹고 사라졌다. 검정색 카고 바지, 검정색인지 군청색인지 헷갈리는 후드 티셔츠, 역시 검정색 야구 모자가 그의 차림새였다. 때에 따라 검정 바람막이가 더해졌다. 검정 바람막이는 필요에 따라 손에 말아 쥐었다가, 지퍼를 열어 둔 채 입었다가, 혹은 지퍼를 턱까지 바싹 올려 채워 입기도 했는데, 지퍼를 턱까지 바싹 올린 날은 반지에 유혹당하기 전의 요정 갈라드리엘 같은 분위기를 풍기기도 했다. 아니면 두 캔의 핫식스로 기운을 채운 고교생 분위기랄까? 그런 것.

혹, 취향에 꼭 맞는 바지와 티셔츠를 한꺼번에 열 장쯤 구입해서 진력날 때까지 그것만 입고 다니는 것은 아닐까?

전임자와 간신히 차림새로 대화를 나눈 적이 있었다.

그렇지는 않을걸?

전임자가 관찰한 바에 따르면 간신히는 그런 까다로운 취향을 실천할 정도로 재력이 상당해 보이진 않는다는 거였다.

그럼?

전임자는 편의점 알바만 수년째 해 왔는데, 그동안 터득한 사람 보는 눈에 의하면 간신히는 절대 한 계절에 여러 벌의 옷을 가질 만큼 경제적으로 여유롭지 않다는 것이었다. 전임자는 사람을 대략 여섯 부류로 나누는 나름의 분류법을 가지고 있었다. 우선 사람을 '상하'로 나눈 다음 다시 '상하하하하하'로 나눈다. 이 중에서 '하'는 마이너스 구역인데 '하하하하하' 구역은 아무리 애써도 도저히 '하하하' 단계로 상승할 수 없는 '절대 마이너' 구역이다. 전임자는 간신히가 마이너 구역 중에서도 '5하' 구역에 속할 거라고 추측했다. 인도식으로 말하면 '슈퍼 울트라 달리트' 구역이었다. 한마디로 '언터처블' 구역이라는 말인데, 이건 카스트 4계급에도 속하지 못하는 불가촉천민 구역이다. 일종의 가축 구역인 것이다. 그런데 간신히가 바로 '5하' 구역에 속할 것 같다는 얘기였다.

'하하하하하' 구역이라니, 웃기는 분류지만 전임자는 웃지 않았다.

조심해야 돼.

왜.

변신해.

변신?

그렇다니까.

트랜스포먼가?

그렇게 복잡하지 않아.

그럼.

단순해.

뭔데?

말로 하기 곤란해.

공갈 마.

나는 봤어.

대체, 뭔데.

전임자는 변신 건에 관해 더 이상 언급하지 않았다. 딱 한 마디 덧붙인 말은 "아무도 믿지 않을 일이라서 말해 봤자 소용없지만, 나는 이해할 수 있어."였다.

생각해 봤다. 뭐, 돼지나 소나 닭으로라도 변신했던가? 하긴 착시를 변신으로 생각할 수도 있겠지. 이를테면 사나운 폭풍이라도 들이치는 날 간신히가 검정 바람막이 지퍼를 턱까지 올리고 고개를 푹 숙인 채 편의점 문을 밀고 나가 어두운 거리를 걸어가는 모습을, 밝고 안락한 편의점 안에서 내다보면 착각이 들 수도 있겠지. 검정 바람막이가 바람에 한껏 부풀려지고, 빵빵하게 부풀어 오른 상체가 특수 풍선 효과를 십분 발휘한 탓에, 발걸음 떼기조차 곤란한 폭풍 속을 헤치고 가는 간신히를 창 안에서 얼핏 봤다면. 뭐, 순간적으로 착각할 수도 있겠지. 하긴 소나 돼지나 닭이나 무화과나무나 인간이나 모두 생명이라는 유전자의 바늘귀를 통과한 것은 마찬가지일 테니. 어쩌면 변신은 숨겨진 능력일 수도 있는 것. 그 능력을 극대화해서 드러내는 방법을 간신히는 찾아냈을 수도 있고. 게다가 자정의 시간이라면, 마법이 통하는 시간이라면, 더욱.

하지만 변신이라니. 이런저런 차원이 우연히 겹친 어느 찰나 주류 냉장고와 진열용 개방 냉장고 사이에서 외계 차원으로 통하는 틈을 발견한 것이 아니고, 단지 착시 현상을 일으킨 거라면 상상력이 좀 필요한 일이었다. 게다가 전임자는 간신히의 변신 이야기를 하면서 내가 겁을 먹을 만큼 '움찔'했다. 어깨에서 순간 타닥, 불꽃이 튀는 것 같았다. 그러니까 전임자는 언어로 표현하지 못할 정도로 강렬하게 놀랐다는 말일 것이다.

뭘까?

나는 묵묵히 앉아 컵라면을 먹고 있는 간신히의 뒷모습을 바라보았다. 사실 검정색 모자에 검정색 후드 티, 검정색 카고 바지, 검정색 바람막이 같은 차림새는 흔했다. 이 편의점을 이용하는 고객의 팔 할은 그런 차림새나 마찬가지였다.

전임자는,

뭘 본 것일까?

아니,

뭘 봤다고 착각한 것일까?

사실, 나는 변신 문제보다 간신히가 왜 매일 자정에 컵라면을 먹으러 오는지가 더 궁금했다. 간신히가 매일 자정에 규칙적으로 편의점에 와서 라면과 삼각김밥을 먹는다는 건 뭔가 석연찮은 구석이 있는 일이다. 몇 가지 경우에 대해 나는 생각해 보았다.

어쩌면 간신히의 직업 문제일 수도 있었다. 내가 매일 밤 10시부터 다음 날 오전 10시까지 편의점을 지키듯 간신히도 자정 무렵에 퇴근하는 직업을 가진 것일 수 있다. 퇴근 후 출출한 배를 채우기 위해 이곳에 오는 것일 수도 있었다. 그렇다면 왜 동료 없이 늘 혼자만 오는 것일까?

어쩌면 간신히의 집이 편의점 근처라 집에 들어가기 전에 라면을 먹으려는 것일 수도 있지. 또 어쩌면 그 시간이 출근길이고, 출근 전에 배를 채우려는 것일 수도 있고. 그런데 왜 하필 매일 컵라면에 삼각김밥인가? 편의점이라고는 하지만 출출한 배를 채울 거리는 몇 가지 더 있다. 그래도 하필 '라면과 삼각김밥'을 간신히가 특히 좋아하게 되었을 수도 있지. 내가 한때 짜파게티에 입맛을 들여 한 달 내내 짜파게티만 먹던 때를 생각해 보면 그럴 수도 있다.

간신히가 만일 직업을 갖고 있다면, 어떤 직업일까? 차림새나 편의점 출입 시간으로 봐서 빌딩 주차 요원일 수도 있고, 경비 용역, 혹은 스턴트맨, 아니면 무명 가수, 실험실 연구원, 어쩌면 혼자 일하는 직업일지도 몰랐다. 만일 혼자 일하는 직업이라면 자정에 편의점을 이용하는 사람이 되기 십상일 것이다. 다만 추측은 어디까지나 추측일 뿐. 나는 간신히가 은행원이나 공무원이었으면 좋겠다고 생각했다. 그러니까 은행원 같지 않은 은행원, 혹은 공무원 같지 않은 공무원, 그런 의미로다가.

하지만 간신히는 직업이 없을 것이다. 내 느낌이 그랬다. 직업이 있는 사람과 없는 사람은 그림자가 있는 사람과 없는 사람 같은 차이가 난다. 눈에 보이진 않지만 분명히 감지되는 그 차이가 간신히한테는 있었다. 그런 의미에서 간신히는 흔한 사람인 셈이었다. 이 편의점을 이용하는 사람의 팔 할은 직업도 그림자도 없을 것 같은 사람들이라는 점에서. 이 편의점이 하필 그림자가 없는 사람들 밀집 지역에 위치하고 있는 것인지, 사람들이 자발적으로 그림자를 버리고 있는 것인지, 혹은 밤 10시부터 다음 날 오전 10시까지가 그림자를 가지고 다니지 않는 사람들이 주로 활동

하는 시간인지는 잘 모르겠지만. 아무튼 내가 한 달 동안 일한 그 편의점에는 유독 직업도 그림자도 없어 보이는 사람들이 득실거렸다.

혼자 밤에 편의점을 지키기 시작한 지 이 주가 막 지난 어느 날, 자정이 가까워 오는 시간이었다. 한 사람이 문을 밀고 들어왔다. 간신히는 아니었다. 그자는 계산대 바로 옆에 있는 주류 냉장고 안을 눈으로 주욱 훑어보면서 입으로는 전임자를 찾았다. 전임자는 이 주일 전에 그만뒀다고 내가 단호하게 알려 줬다. 그러자 그자는 자신이 전전임자이며 전임자가 편의점 알바를 그만뒀다는 소식을 못 들었다고 했다. 나는 전전임자와 전임자의 관계 따위엔 관심 없었으므로 더 이상 말을 섞지 않고 있었다.

그때였다.

스걱.

전전임자가 맥주 캔 따개를 떠들어 올리는 소리와 함께 '딸랑' 종이 울리면서 간신히가 들어왔다. 그러자 편의점 안의 모든 동작이 일시에 정지했다.

움직이는 것은 간신히뿐이었다. 간신히는 언제나 그렇듯 '간신히스러운' 걸음과 몸짓으로 컵라면에 물을 받아 긴 식탁에 올려놓았다. 그러고는 높은 의자를 끌어내 그 위에 걸터앉아 창밖을 건너다보다가, 라면이 익을 즈음 뚜껑을 젖히고 삼각김밥 비닐을 벗겼다.

전전임자라고 주장하는 자는 맥주 마시는 소리까지 죽여 가면서 간신히를 주시했다. 그러다가 나와 시선이 마주치자 턱으로 간신히를 가리켰다. 나는 전전임자가 턱으로 간신히를 가리키는 정확한 의미를 모르겠기에 어깨나 한번 으쓱했다. 전전임자는 주류 냉장고 옆에 쌓아 둔 주류 상자에 슬며시 엉덩이를 걸치고 앉았다. 저기 앉아 죽칠 건가, 생각했지만 눈치를 주지는 않았다.

하루 이십사 시간 중 대략 십오 분 정도를 이 편의점에서 머물다 가는 간신히는, 그날도 십오 분이 지나자 빈 용기와 껍질을 쓰레기통에 던져 넣으면서 문을 밀고 나갔다. 역시 말 한 마디 시선 한 번 주지 않은 채. 어쨌거나 이 주 정도 하루 십오 분씩 한 공간에서 얼쩡거린 관계라면 시선 정도는 맞춰도 되지 않나? 그날따라 간신히의 '쿨'함이 서운했다.

저자.

전전임자가 주류 박스에서 엉덩이를 들어 올렸다.

저 사람 알아요?

내가 물었다. 그러자 전전임자는 뜨거운 양철 쪼가리를 엉겁결에 잡은 듯 화들짝 놀랐다. 그리고 다급하게 물었다.

그쪽도 봤어?

전전임자는 간신히가 사라진 문밖 거리를 주시하면서 음료수 냉장고 문을 열고 캔을 꺼내며 대답을 재촉했다.

뭘요?

내가 되물었다. 문득 전전임자는 문밖으로 쫓아 나가던 시선을 툭, 잘라 내고 나를 보았다. 그러곤 얼토당토않은 전임자 이야기를 하기 시작했다. 전임자가 편의점 알바를 그만둔 이유를 아냐고 물었다. 내가 반응하기도 전에 전임자가 다른 알바 자리를 구해서 나갔는지, 무작정 그만둔 것인지는 아냐고도 물었다. 또 내가 반응하기도 전에 전임자의 바뀐 전화번호 아냐고 연거푸 물어 댔다.

사장 아저씨는 알겠죠.

나는 재빨리 대답했다.

내 대답을 듣기나 했는지 전전임자는 빨리 해치우지 않으면 안 될 다급한 일이 갑자기 떠오른 듯 출입문 쪽으로 걸어갔다.

계산하고 가요!

나는 내 할 일을 한다는 식으로 외쳤다. 그러자 전전임자가 걸음을 멈추고 나를 쓱 돌아보았다. 술수가 먹히지 않는군, 하는 표정 같았다. 전전임자는 뭔가 억울한 듯 손에 들고 나가던 캔과 이미 마신 맥주 값을 계산했다. 그리고 순순히 나갔다. 나는 약간 겁을 먹었는데, 전전임자가 깽판을 치거나 억지를 부리지 않아 다행이라 생각했다.

간신히가 라면을 먹고 간 자리를 치우면서 문득, 전전임자의 차림새가 간신히와 다를 바 없다는 걸 깨달았다. 검정 바람막이, 검정 야구 모자. 다른 게 있다면 간신히는 검정 카고 바지였는데 전전임자는 검정 데님 바지였다는 것뿐이었다.

아무튼, 그날 밤은 유독 검정 바람막이를 입은 손님이 많이 들어왔다. 계절 탓이라거나 유행 탓으로 치부하기엔 좀 유난한 날이었다. 하긴, 편의점 근무를 하다 보면 손님마다 만 원짜리 지폐를 내는 날도 있고, 손님마다 유독 캔 맥주와 핫식스를 동시에 사가는 날도 있을 뿐만 아니라, 유난히 생머리 길게 늘어트린 여자 손님만 출입하는 날도 있기 마련이다. 그러니 그날도 그런 우연과 필연이 겹치는 날이라고 생각하면 되었다.

그런데,

전전임자는 뭘 봤다는 걸까.

전임자가 봤다는 것과 동일한 것인가.

대체.

뭘까?

오전 9시 30분이 되자 교대 근무자가 왔다. 북적이던 아침 피크타임이 지나고, 나도 막 유통 기한 지난 도시락을 먹을 참이었다. 유통 기한이 막 지난 삼각김밥이나 도시락 세트, 혹은 샌드위치에 곁들여 역시 유통 기한이 지난 바나나 우유나 커피 우유를 공짜로 먹을 수 있는 것은 편의점 알바의 중요한 즐거움이다.

괜찮았어?

교대 근무자가 뛰어 들어와 종소리가 딸랑거리는 게 성가시다는 듯이 급히 물었다.

뭘요.

저 아래 털렸다던데. 지난밤에.

'저 아래'란 두 블록 건너에 있는 다른 편의점이다. 교대 근무자는 이 지역 여러 편의점에서 알바를 뛴 경험이 있었다. 당시 '저 아래' 편의점에서는 교대 근무자의 친구가 두 달째 알바를 하는 중이었다. 그런데 간밤에 현금 강도 사건이 일어나자, 그 소식을 경찰과 편의점 사장과 자기 친구에게 거의 동시에 알렸던 것이다. 교대 근무자의 친구 말에 따르면, 지난밤 검정 야구 모자에 검정 바람막이를 착용한 자가 진짜인지 가짜인지 모를 총을 들이밀고 편의점을 지키던 알바를 협박해 지폐를 강탈해 갔다는 것이었다.

맥주도 한 봉지 들고 갔대.

맥주요?

맥주를 사는 척하면서 총을 들이민 거지. 현금보다 맥주 봉지를 더 소중하게 들고 갔다더라고.

왜요?

모르지. 사람이 다치지는 않았대.

다행이네요.

편의점 알바를 해 본 사람들 사이에 입으로 전해지는 행동 강령이 하나 있었다. 흉기를 든 누군가가 현금을 원하면 버티지 말고 주라는 것이었다. 그게 모두의 안전을 위해 그나마 적절한 조치라는 거다. 그러니 '저 아래' 편의점 알바도 그 행동 강령을 따랐을 것이다. 아무튼 나에게 편의점 강도 사건은 좀 이해하기 힘든 일이었다. 교대 근무자 의견도 나와 크게 다르지 않았다.

뭣 하러 위험한 강도 짓을 해. 그냥 알바 좀 뛰지. 안 그래?

나 역시 비슷한 생각이었다.

편의점 금고 털어 봤자 얼마나 되냐? 거의 카드로 계산하는데. 한 달 알바 뛰면 두 달은 살잖아. 안 그래?

그래요.

나는 유통 기한이 지난 식료품들을 따로 골라 모아 두는 상자를 턱으로 알려 주면서 동의를 표했다. 시간 더 지나기 전에 얼른 하나 골라 아침 식사나 해결하라는 의미였다. 모든 아침이 그렇지는 않지만, 간혹 폐기 상자가 그득한 날이 있다. 그런 날은 알바들 기분이 든든해진다. 교대 근무자 역시 그 기분을 안다. 상자 앞에 쪼그리고 앉아

하아.

탄성까지 내뱉었다. 그러더니

핫식스는 유통 기한 지난 거 없나?

하면서 일어섰다.

하긴, 어떤 날은 도시락보다 에너지 음료가 더 필요했다. 밤새

다른 알바를 했거나, 공부를 하다가 알바를 하러 나왔다면 말이다.

계산대를 넘겨준 다음 도시락 세트 하나를 들고 나왔다. 오후에 먹을 참이었다. 유통 기한이 지났다 해도 하루 정도는 괜찮았다. 더구나 공기가 차가워지고 있는 계절이라면. 어차피 폐기 처분해야 하는 물건들이라서 사장 아저씨는 그 상자를 출입구에 내놓을 터였다. 필요한 사람이나 푸드 코트에서 가져가도록 일종의 선심을 쓰는 것인데, 여름에는 하지 않고 간절기와 겨울에만 하는 일이다. 여름에는 식중독 발생 우려 때문에 선심 쓰고 욕먹을 수 있다는 게 사장 아저씨의 설명이었다.

편의점을 나오면서 문득, 자정이면 찾아와 컵라면에 유통 기한 몇 분 남지 않은 김밥을 사 먹는 간신히에게 그 상자에서 뭔가를 골라 가게 해 주고 싶다는 생각이 들었다. 알바들이 모두 탐내는 다섯 가지 짱짱한 반찬이 들어 있는 도시락을 간신히가 골라 가는 상상까지 했다.

간신히가 정말로 무직자고, 내가 이렇게 동정하는 것을 알면 기분 나쁠지도 모르지만. 아무튼 그런 상상을 잠시 했다. 그러고는 또 문득, 지난밤 '저 아래' 편의점을 턴 진짜 강도는 잡지 못할 거라는 생각도 했다. 범인이 검정 모자를 착용하고 검정 바람막이를 입었다니 든 생각이었다. 지난밤 내가 지키는 편의점에 들어온 손님 중 검정 바람막이 차림에 검정 모자를 쓴 사람만 해도 열 명은 될 것이다. 무엇보다 밤 시간에 이 지역 거리를 쏘다니는 사람 중 팔 할은 그런 차림일 것이다. 우선 나부터.

며칠 동안 사장 아저씨가 밤에 함께 있었다. '저 아래' 편의점 사건 때문이었다. 사장 아저씨는 편의점을 두 군데 운영했는데, 그중 1지점의 매출이 내가 일하던 2지점보다 서너 배는 높았기 때문에 되도록 1지점에 가 있었다. 내가 있는 2지점은 밤 시간 알바가 한 명이었지만, 1지점은 야간 시간에도 알바가 두 명일 정도로 손님이 많았다. 그런 사장 아저씨가 밤 시간에 2지점에 있을 때는 강도 사건 같은 일이 일어났을 때 정도였다.

일 있으면 깨워라.

그나마도 아저씨는 편의점 창고에 있는 접이식 간이침대를 펼쳐 놓고 자는 게 다였다. 그런데 그날 아저씨는 자정이 다 되도록 편의점 안 여기저기를 살피고 다녔다.

딸랑.

그때 간신히가 들어왔다.

사장 아저씨가 있다 해서 특별히 손님한테 더 친절하게 굴 건 없었다. 어차피 편의점 안에서 내가 하는 모든 행동은 CCTV가 다 감시하고 있었다. 사장 아저씨는 마음만 먹으면 언제든 알바들 근무 태도를 살필 수 있었다.

그날 간신히는 검정 바람막이 안에 역시 검정 후드 티셔츠를 입었는데, 그 검정 후드를 푹 뒤집어쓰고 있었다. 일전에 '저 아래' 편의점 강도 사건도 있었고, 요즘 들어 부쩍 쌀쌀해진 날씨에다 그날은 수시로 비까지 후두둑 지나가고 있어서였는지 간신히가 뒷골목을 정찰하는 변신 사이보그처럼 느껴졌다. 그게 아니라면 서울역 광장 생활 삼 년 차에 접어든 노숙인 같기도 했다. 깊은 밤, 간헐적으로 뿌리는 무거운 빗방울, 검정 후드, 하단이 젖은 검정 카고 바지 등이 그날의 장치들이었다. 간신히는 늑대처럼, 혹은 쥐처럼, 혹은 해충처럼, 혹은 바이러스처럼, 혹은 구겨진 자존심처럼 편의점에 들어왔다. 그날따라 간신히는 라면과 삼각김밥을 편의점에서 먹지 않고 가지고 갈 모양이었다. 나는 봉지에 담아 줄 준비를 하고 있었는데, 간신히는 담아 갈 생각이 없는지 지폐를 계산대 위에 던지듯 올려 두고 문 쪽으로 걸어 나갔다. 나는 간신히가 계산대에 올려 둔 지폐를 보면서 불쑥 소리쳤다.

이백 원 더 주세요.

삼각김밥값이 올랐다는 것을 이 초만 늦게 생각해 냈더라도 간신히는 벌써 문밖에 나갔을 것이다. 간신히의 동작은 예기치 못하게 진행되어 버리는 구석이 있었다. 어느 땐 찰나의 순간에 백 년 치의 행동을 압축적으로 해 버리는 게 아닌가 하는 생각까지 들었다. 그 점이 늘 신기하긴 했지만, 달리 보면 그건 시간이든 돈이든 여유를 가져 본 적이 없는 사람들의 몸에 밴 동작이었다.

아무튼, 나는 간신히가 종소리를 내기 전에 이백 원을 요구했다. 그때 간신히가 처음으로 내 눈을 응시했다. 막상 마주 본 간신희의 얼굴은 내가 간신희에 대해 품고 있던 환상에 비해 별다를 것이 없는 얼굴이었다. 그런 얼굴은 흔했다. 그리고 흐릿했다. 몽타주 작성을 위해 진술하려면 주술적인 힘이 좀 필요할 정도로 흔한 얼굴이었다. 억지로라도 특이한 점을 꼽아 보자면 흰 눈자위에 선홍색 핏발이 약간 선 정도랄까, 그랬다.

막상 내가 유별나게 기억하는 점은 따로 있었다. 간신희가 주머니를 뒤져 내놓은 지폐를 받고 거스름을 거슬러 주면서 간신희의 손바닥과 내 손끝이 슬쩍 닿았는데, 그때 나는 순간적인 뜨거움을 느꼈다. 어쩌면 따가움이었을지도 모른다. 그러니까 정전기 같은 것인지도 모른다는 뜻이다. 하지만 습도가 높은 날이었다. 뜨거움 쪽이 더 가능할 것이었다. 아무튼 나는 순간 깜짝 놀랐다. 만일 내가 간신희 손을 일 초간 잡고 있었다면 내 손바닥은 화상을 입어 물집이 튀어 올라왔을지도 몰랐다. 그러나 나는 그 순간에 이런 생각을 했다. 내가 느낀 게 뜨거움이 맞는다면, 그래서 간신희 몸이 펄펄 끓고 있는 상태라면 그건 얼큰한 라면 국물이나 마시면서 견뎌서는 안 되는 열이었던 것이다.

저기.

나는 불쑥 아스피린을 권하려 했다. 하지만 간신희는 거스름을 받자마자 벌써 종소리와 함께 사라지고 없었다.

재.

사장 아저씨가 어느새 옆에 와 있었다.

아세요?

걘가?

알아요?

인상착의가 저 아래 턴 놈 같지 않아?

저 사람이 범인이면 여기 들락거리는 사람 거의가 범인이에요. 그리고 저 사람 저 아래 편의점 사건 난 날 밤에도 여기 와서 라면 먹고 갔어요. 사건 난 그 시간에요. 알리바이가 확실한 사람이에요. 내가 봤으니까요.

그래?

네.

어째 점점 다 그놈이 그놈 같아 보여.

글쎄. 내가 왜 간신히를 열까지 내면서 변호했는지 모르겠다. 아무튼 그날 그 순간 나는 간신히가 저 아래 편의점 사건과 상관없다는 사실을 사장 아저씨한테 증명해 보이고 싶었다. 왜 그랬는지는 모르지만 간신히를 위해 열을 좀 낸 것은 사실이다.

사장 아저씨는 얼떨떨한 표정으로 편의점 안을 서성이다가 뭔가 말하지 않으면 답답하다는 투로 이야기를 꺼내 놓았다. 사장 아저씨도 잘 모르기는 하지만, 자신이 알고 있는 이야기 속의 그 '재'가 방금 나간 저 '재'와 일치하는지조차 불분명하기는 하지만, 심야에 손님도 없고, 비도 오고, 잠도 안 오고, 으슬으슬 춥기도 하고, 그러니 '전임 알바'들 중 누군가에게 들은 이야기 하나를 해 주겠다는 식이었다. 이야기는 이랬다.

어느 날, 역시 자정 무렵이었다. 간신히와 비슷한 차림새를 한 청년이 편의점 문을 밀고 들어왔다고 한다. 굵은 빗방울에 맞은 흔적으로 마치 흑표범 무늬처럼 얼룩진 검정 바람막이를 입고 들어온 그는 컵라면에 뜨거운 물을 부어 놓고 삼각김밥 비닐을 풀었다. 고르지 못한 빗방울들이 미친 듯 휘몰아치는 창밖을 내다보기도 하면서. 이윽고 컵라면 뚜껑을 열어젖히자 편의점 안은 고소한 라면 국물 냄새로 가득 찼다. 그는 천 년 동안 계속된 전장에서 마침내 돌아와 평온한 식사 시간을 맞이한 전사처럼 아주 천천히 라면을 건져 먹고, 더없이 조심스럽게 라면 국물과 삼각김밥을 조절해 가면서 먹었다고 한다. 그 모습이 어찌나 정성스럽던지 이야기를 전해 준 알바생은 그가 가고 나서 자신도 컵라면에 삼각김밥을 먹어 보았을 정도였다고 한다. 그날 이후 그 흑표범 무늬 바람막이 청년은 매일 밤 자정 무렵이면 찾아와 무슨 의식이라도 치르는 것처럼 컵라면과 삼각김밥을 먹고 갔다.

그러던 어느 날이었다. 역시 자정의 시간이었다. 또 역시 검정 바람막이를 입은 그가 라면 국물을 마시고 있던 시간이었다. 중학생 혹은 고등학생으로 추정되는 남학생 한 명이 들어왔다. 남학생은 휴대전화로 누군가와 통화 중이었다. 대답하고, 변명하고, 읍소하고, 양해를 구하는 갖은 태도를 취하면서 전화기에 대고 쩔쩔매고 있었다. 학원가와 그리 멀지 않은 곳이라 간혹 자정이 넘은 시간에도 지친 학원생들이 편의점에 들어오곤 했기 때문에 알바생은 대수롭지 않게 생각하고 있었다고 한다. 그런데 그날 그 학생을 닦달하는 전화기 저편의 보호자인 듯한 작자는 적당한 선에서 닦달을 멈출 생각을 하지 않는 모양이었다. 보나 마나 학생은 뭔가 해야 할 일을 못 했거나, 안 했을 것이다. 그게 아니라면 아무리 애써도 '닦달자'가 원하는 바를 해낼 수 없었을 것이다. 학생이 귀에서 전화기를 떼고 팔을 되도록 멀리 뻗자 전화기 저편의 목소리가 편의점 안으로 쏟아져 나왔다. 수천수만 개의 바싹 마른 선인장 가시만큼 날카롭고 따가운 음성이었다. 전화기를 들고 있던 학생은 물론이고 편의점 알바생까지 곤혹스러워 어쩔 줄 몰랐다.

그때였다.

갑자기라고 할 수밖에 없는 순간에 라면을 먹던 흑표범 무늬가 일어나 순식간에 학생을 향해 날아왔다. 더 정확히 표현하자면 학생의 전화기를 향해 날아왔다. 학생은 전화기를 떨어트렸다. 알바생이 정신을 차린 후에는 이미 흑표범 무늬가 사라지고 없었다.

봤대.

뭘요.

불 같았다더군.

불요?

스파크 같기도 하고, 전류 같기도 하고.

전류요?

변신했다는 것이었다. 아주 짧은 순간이긴 하지만 흑표범 무늬가 분명 불꽃으로 변신했다는 것이었다. 혹은 한 줄기의 날카로운 전류 같은 것으로.

웃긴 이야기지?

네.

믿지는 말고.

아니, 믿어요.

뭐?

이해할 수 있다고요.

하긴, 우리 아들도 믿는다고 하더라.

사장 아저씨 아들 이야기는 나도 들어서 알고 있었다. 일류급 대학에 진학한 아들이 대학 2학년 때 갑자기 지금까지 해 왔던 모든 일을 집어치우고 방에 틀어박혀 잠만 자기 시작했다는 것이었다. 그게 벌써 오 년째라는 소문은 나도 들어 알고 있었다. 사장 아저씨는 아들 이야기만 하면 침울해졌는데, 그날도 그랬다. 사장 아저씨는 자기 아들이 어려서부터 너무 열심히 모든 일을 최고로 해 왔다고 했다. 거의 모든 경쟁에서 높은 성취를 이뤄 왔다는 거였다. 그런 통에 평생 쓸 에너지를 일찌감치 소진한 것이라고 했다. 그런데 간신히가 바로 자기 아들과 같은 종류라는 생각이 든다고 했다. 완전히 소진된 후 겨우 견디고 있는, 그래서 자정이 되어서야 겨우 밖에 나와 라면이나마 사 먹을 힘이 고이는 그런 상태에 처한 사람 아니겠냐고 했다. 그래서 '재' 같은 사람들을 보면 남 일 같지 않다고 했다.

사장 아저씨가 그런 사람들을 간신히들이라고 했을 때 나는 완전히 동의할 수 없긴 했지만 거의 동의했다.

그런데 이상한 일은…….

뭐가요.

그날 요 인근 아파트에서 벼락 맞은 사람이 있었다더라고.

벼락요?

아, 글쎄. 그날 그 시간에 누군가 벼락을 맞아서 구급차에 실려 갔다고 뉴스에까지 났다던데. 그런데 그 학생하고 그 청년하고 연관 있는 일이라고 알바가 하도 우기는 바람에 진짠가 싶기도 하고. 역시 믿지는 말고. 그런 거 잘못 믿으면 정신 사나워.

알아서 할게요.

서두르지 않아도 자정은 오고, 자정이 되면 간신히가 왔다. 나는 전임자가 그랬던 것처럼 인사하기 시작했다.

어서 오세요.

그러자 간신히가 순간 발걸음을 주춤하더니 컵라면 진열대 쪽으로 휘적휘적 걸어갔다. 간신히의 변신을 이해하는 몇몇 사람과 마찬가지로 나 역시 간신히를 이해한다. 나 역시 간신히와 다를 바 없는 사람이니까.

하지만, 순간적으로 폭발하는 불이라니. 그건 좀 상상력이 필요한 일 아닌가. 표범이나 부엉이나 새나, 하다못해 쥐처럼 유전자의 기본 도안을 공유한 관계도 아니고 생뚱맞은 전류라니. 불꽃이라니. 이만저만한 상상력이 아니곤 믿기 힘든 일이다.

하지만 곰곰 생각해 보면 안 될 것도 없는 일이다. 손가락이 성냥 같은 사람도 있는 법이다. 끝이 바싹 마른 유황으로 뒤덮인 것 같은. 그래서 손가락 끝을 벽에 대고 짧게 그으면 불꽃이 화륵, 일어나는 사람들. 혹은, 정신력으로 불꽃을 일으키는 사람들. 그러니 간신히도 그 유사한 방식을 가지지 말란 법도 없다.

상어를 기다리며

샘지 아줌마는 생선 장수인데 한 달에 두 번 마을에 찾아왔다. 샘지 아줌마가 이고 오는 커다란 양철 대야 안에는 자반고등어가 대부분이었지만, 계절이나 경우에 따라 갈치나 동태, 꾸덕꾸덕하게 말린 생선이 들어 있었다. 간혹 문어나 상어가 들어 있을 때도 있었다.

할머니는 샘지 아줌마한테서 자반고등어를 주로 샀다. 아줌마가 왔다 간 바로 다음 날 상에는 고등어가 들어간 우거지 된장찌개가 올랐다. 우거지 된장찌개에 들어갈 고등어는 소금을 털어 냈다. 하지만 두었다 먹을 자반고등어는 할머니가 다시 손을 봤다. 간이 밴 고등어들 사이에 왕소금을 더 끼워 넣고 항아리에 차곡차곡 담았다. 그렇게 보관해 뒀다가 구운 고등어는 눈알이나 아가미는 물론이고 등뼈까지 짭짤하고 고소했다.

우리 집은 샘지 아줌마가 가장 먼저 들렀다가, 가장 나중에 다시 오는 집이었다. 샘지 아줌마는 간혹 우리 집에서 하룻밤을 자고 가기도 했다.

샘지 아줌마가 우리 집에서 자고 가는 날은 폭설이 내리거나, 난데없는 비가 쏟아져 길을 나서기 곤란한 날일 때도 있었지만, 가끔은 시간이 조금 늦었거나 할머니가 권해서 묵어가기도 했다.

우리 집에서 자는 날이면 샘지 아줌마는 할머니와 밤늦도록 이런저런 이야기를 나눴다. 샘지 아줌마는 여러 지역에 생선을 팔러 다녔으므로 보고 듣는 일이 많았다. 할머니는 샘지 아줌마를 통해 세상 이야기를 들었다.

나는 할머니와 샘지 아줌마 곁에 엎드려 숙제를 하거나 책을 읽는 척하면서 이야기에 귀를 기울이곤 했다. 샘지 아줌마가 이야기에 열중할 때 그 얼굴이 나는 좋았다. 평평하던 광대뼈가 솟아오르고, 새까맣게 뒤덮인 기미 아래로 핏기가 번지고, 미간에 세로 주름이 여러 줄 잡히던 얼굴. 무뚝뚝하던 표정이 환하게 빛나는 아줌마 얼굴을 보는 시간을 나는 기다렸다.

그날은 샘지 아줌마가 오는 날이었다. 태풍이 오고 있으니 모두 서둘러 집으로 돌아가라고 선생님이 당부했다. 나는 태풍 때문에 아줌마가 못 올 거라고 생각했다.

마을 입구에 있는 친구네 집 앞을 지날 때 마루에 걸터앉아 있는 두 사람이 보였다. 커다란 양철 대야를 사이에 두고 앉아 있는 두 사람은 샘지 아줌마와 친구 엄마였다. 나는 그길로 우리 집을 향해 뛰었다. 마당을 가로질러 곧장 부엌으로 뛰어들었다.

"샘지댁 왔어!"

한 번 더 외쳤다.

"샘지댁 왔더라니까!"

"지 애미가 와도 저리 반가워할까?"

샘지 아줌마는 우리 집에 벌써 다녀간 모양이었다. 부엌에서 간고등어 냄새가 났다. 고등어를 넣어 두는 항아리 입구를 천으로 덮고 고무줄로 돌려 묶어 둔 게 보였다. 그렇게 해 두지 않으면 밤에 쥐가 고등어를 꺼내 간다.

"자고 간대요?"

항아리를 보면서 내가 물었을 때 할머니와 일해 주러 와 있던 이웃 아주머니가 웃었다.

샘지 아줌마가 동네를 다 돌기 전에 어서 태풍이 몰아치기를 바랐다. 오후가 깊어지자 바람 세기가 달라지고 빗방울도 억세졌다. 하지만 그 정도로는 안심이 되지 않았다. 언젠가 샘지 아줌마는 억수 같은 비가 퍼붓는데도 돌아간 적이 있었다. 샘지 아줌마가 돌아갈 엄두를 내지 못하도록 바람이 더 거세지고 비가 쏟아져야 했다.

나는 사랑방에 엎드려 숙제를 하고 있었지만 신경은 온통 밖을 향했다. 이윽고 샘지 아줌마가 우리 집 안마당에 들어서는 기척이 났다. 아줌마가 부엌 쪽으로 뛰다시피 걸었다. 이윽고 양철 대야가 어딘가에 부딪치는 요란한 소리와 함께 우리 할머니를 부르는 소리가 들렸다.

"아지매!"

그날 저녁에는 상이 세 개 차려졌다. 평소에는 할아버지와 할머니, 나, 이렇게 셋이 앉는 상과, 일하는 아저씨 상을 따로 차렸지만 그날은 할아버지 상도 따로 차렸다. 상마다 구운 고등어가 놓였다.

밤이 깊어 갈수록 바람과 비가 점점 드세졌다. 내가 태어나기 전 어느 해 우리 동네도 홍수를 겪은 적이 있다고 할머니가 이야기했다.

그때 비가 얼마나 무진장 내렸던지 개울이 넘쳐 집 마당까지 황토물이 밀려 들어왔다. 우리 집은 개울 근처라 높이 쌓아 올린 기단 위에 세워졌는데 물이 기단층 절반 높이까지 넘실대고 말았다. 그때 부엌에 물이 들이닥쳐 그 물을 퍼내느라 한동안 부엌을 쓰지 못했을 정도였다. 그 후에 우리 집은 부엌 문턱을 더 높이고 사방 벽을 흙으로 다시 돌려 막았다.

샘지 아줌마는 물난리를 겪은 다른 마을 이야기를 해 주었다. 다른 지역 어느 마을에서는 큰비가 온 뒤에 산사태가 나서 산 아래 집들이 크고 작은 피해를 봤는데, 한 집만 거의 피해를 입지 않았다. 그 집 뒤에 아주 큰 감나무가 세 그루 있었는데, 그 감나무가 산에서 밀려 내려오는 흙덩이를 막아 주었다. 그 감나무는 아주 오래전 그 집에 살던 사람이 심은 건데, 옛날 사람이 지금 사람을 지켜 준 거라고 했다.

샘지 아줌마는 또 다른 마을 이야기도 했다. 아주 오래전 어떤 마을에서 폭풍우를 틈타 저수지에 살던 용이 하늘로 올라가는 걸 본 사람이 있었다. 용을 직접 봤다는 사람은 죽었지만, 용이 올랐다는 저수지는 아직 있다고 했다. 샘지 아줌마는 용이 올랐다는 저수지를 구경하러 간 적이 있었는데, 막상 가서 본 저수지는 큰 웅덩이에 불과하더라고 했다.

웅덩이에 어떻게 용이 살고 있었냐고 내가 묻자 아줌마가 이렇게 답했다.

"물속은 봐선 모르지. 보기엔 소(沼)에 불과해도 깊이가 한정 없을 수 있으니."

"얼마나 깊어서요?"

"하도 깊어서 다른 세상으로 통할 수도 있는 모양이지."

"물속에 들어가 본 사람이 있대요?"

내가 물었을 때 샘지 아줌마는 잠시 입을 닫고 숨을 내쉬었다. 그러고 나서는 세상천지에 혼자만 아는 비밀 이야기라도 들려주듯이 이렇게 말했다.

샘지 아줌마 말로는 용을 본 사람이 그 웅덩이 속에 들어가 봤다는 것이었다. 그런데 웅덩이 속에는 새끼 용들이 살고 있었다. 새끼 용들이 정확히 몇 마리인지는 세어 보지 못했지만 새끼 용을 본 후 그 사람은 저수지를 지키면서 평생을 보냈다. 용은 사람과 달라서 수백 년이 지나야 어른이 되는데, 새끼 용이 무사히 자랄 때까지 지켜 줄 생각으로 돈이 생기는 족족 저수지 인근의 땅을 사들이기까지 했다. 그 사람은 늙어서 죽기 직전에 외동딸한테 평생 혼자 간직하고 있던 비밀을 알리고 용이 살고 있는 저수지를 부탁했다. 그 딸도 일생 동안 저수지를 지키다가 늙어서 죽기 직전에 아들한테 집안의 비밀을 알렸다. 그 아들은 어머니의 말을 확인하려고 어느 해 웅덩이 물을 몽땅 퍼냈다. 마을 사람들이 달려들어 저수지 바닥에서 물구렁이며 메기며 자라, 오색붕어까지 건졌는데 용은 없었다. 밤이 되자 아들은 벙어리 딸을 데리고 저수지에 다시 나갔다. 딸은 둑에 세워 두고 혼자 저수지 밑바닥으로 내려가 살피다가 이상한 구멍을 발견했는데, 그 안에 팔을 들이민 순간 미끄러지듯이 구멍 안으로 빠져 들어갔다. 그 후 아들을 본 사람은 아무도 없었다. 마을 사람들은 그가 저수지 바닥의 늪에 빨려 들어가 죽었다고 여겼다. 비가 와서 저수지 물은 다시 채워졌지만 그는 돌아오지 않았다. 지금은 그의 딸이 저수지를 지키고 있다고 했다.

내가 물었다.

"저수지를 왜 지켜요?"

"저수지를 지키는 게 아니라, 기다리는 거겠지."

"아버지를요?"

"아니."

"그럼 용을요?"

"아니."

샘지 아줌마는 작게 한숨을 쉬었다. 내가 아줌마를 답답하게 한 거라고 생각했다. 그래도 용 이야기는 듣고 싶었다. 하지만 아줌마는 용 이야기는 더 이상 하지 않았다. 대신 아줌마 어린 시절 이야기를 꺼냈다.

*

샘지 아줌마의 아버지와 어머니는 어부였다고 한다. 마을 사람들은 아줌마 아버지를 '자야 아배', 어머니를 '자야 어매'라고 불렀는데 '자야'가 바로 아줌마였다.

어느 해 여름에 자야 아버지는 이상하게 생긴 물고기 한 마리를 집에 들고 왔다. 누군가 어망에 걸린 상어를 건졌는데, 상어가 새끼를 낳더라고 했다. 여러 마리의 새끼를 낳았고, 어떤 새끼는 바닷속으로 미끄러져 들어가고 또 어떤 새끼들은 사람들이 가져갔는데 자야 아버지도 그중 한 마리를 가져온 것이었다. 자야 아버지는 다가올 잔칫상에 올릴 생각으로 집에 가져온 거였다.

잔칫상에 올리려면 새끼 상어를 잡아 소금에 절여 둬야 했다. 하지만 잔칫날은 아직 멀었으므로 입구가 넓은 항아리에 바닷물을 채우고 그 속에 상어를 넣어 두었다.

자야가 항아리에 갇힌 상어를 돌보았다. 등에 지느러미가 돋아 있고, 코는 뾰족하고 입은 가로로 길게 찢어진 상어는 새끼라곤 해도 명태보다 컸다. 상어는 아주 가끔 꼬리를 좌우로 흔들 뿐 거의 움직이지 않았다. 물속에 가만히 떠 있는 상어를 자야가 살짝 건드리자 상어는 꼬리를 좌우로 힘껏 요동쳤다. 그 힘찬 모습에 자야는 자신도 모르게 항아리에 바닷물을 더 채워 넣었다. 그리고 자잘한 물고기들을 얻어 와 상어를 먹였다. 새끼 상어는 자야가 넣어 주는 작은 물고기들을 받아먹으면서 조금씩 자랐다.

항아리가 좁다고 느낀 자야는 새끼 상어를 커다란 독에 옮겨 주었다. 어른이 들어가 앉아도 될 만큼 커다란 독은 부엌문 밖에 있었는데, 밤이면 무거운 나무 뚜껑을 덮어 두었다가 낮에는 뚜껑을 열어 두었다. 여러 날이 지나면서 새끼 상어는 제법 자랐다.

한동안 새끼 상어를 돌보다 보니 자야는 새끼 상어의 생각을 눈치챌 수 있었다. 까맣고 동그란 눈과 피부색을 보면서 새끼 상어가 뭘 필요로 하는지, 어떤 기분인지 알 수 있었다. 새끼 상어는 바닷물을 새로 갈아 줄 때 좋아했다. 칙칙하던 피부가 새 바닷물 속에서는 환하게 빛났다. 새끼 상어가 튀어 오를 듯이 꼬리를 힘껏 칠 때, 좁은 항아리 속에서 빙글빙글 돌 때, 등지느러미 조각만 물 위에 내놓고 죽은 듯 가만히 있을 때, 어떤 마음인지 자야는 알아 가기 시작했다.

자야는 중학교에 진학하지 않았다. 자야한테는 오빠가 셋 있었다. 자야까지 중학교에 보낼 만큼 집안 사정이 넉넉하지 않았다. 막내 오빠는 자야와 쌍둥이였는데, 중학교에서 배워 온 걸 자야한테 가르쳐 주었다. 공책도 나누어 주고, 연필도 나누어 주고, 학교에서 있었던 일을 이야기해 주었다. 자야는 오빠들이 학교에 있는 동안 혼자 집에서 책을 읽었다.

새끼 상어가 온 뒤로 자야는 상어가 있는 독 곁에서 책을 읽었다. 책 읽는 소리를 새끼 상어가 듣는다고 생각했던 것이다. 자야가 책을 읽는 동안 상어는 꼼짝하지 않고 귀를 기울였다. 처음에 자야는 쌍둥이 오빠의 교과서를 읽었다. 쌍둥이 오빠의 교과서를 다 읽고 나자 둘째 오빠의 책을 읽었다. 둘째 오빠의 책을 다 읽고 나자 큰오빠의 책을 읽었다.

자야 부모는 세 아들보다 자야가 공부를 더 좋아한다는 것을 알았다. 하지만 자야까지 중학교에 보낼 사정은 도저히 안 됐다. 자야가 여자아이이기 때문이기도 했지만, 자야가 가장 늦게 태어났기 때문에 양보해야 한다는 생각이 더 컸다.

자야 아버지는 술에 취한 것처럼 코가 빨갛게 부어 있었는데,

늘 붉던 코가 조금 가라앉을 때마다 큰오빠가 고등학교를 졸업하면 중학교에 보내 주겠다고 자야한테 말했다. 하지만 자야는 알고 있었다. 큰오빠가 고등학교를 졸업하고 대학에 간다면 쌍둥이 오빠도 중학교를 쉬어야 할지 몰랐다.

자야처럼 중학교에 가지 않은 친구들이 더러 있었지만, 그런 친구들은 대부분 도시로 나갔다. 자야는 혼자 시간을 보내야 했다. 그런 시간이 자야는 싫지 않았다. 자야는 자신이 사는 포구 마을을 좋아했다. 포구의 구석구석을 샅샅이 알고 있었다.

경사진 언덕길을 넘어서면 이어지는 솔숲과, 솔숲 건너 내려다보이는 다른 마을. 돌로 쌓아 올린 포구의 제방과 제방에 인접한 집들. 콜타르 입힌 나무로 외관을 두른 집과 그 집에 사는 사람들. 파도가 심한 날이면 제방을 넘어 들이닥치던 바닷물. 태풍이 올 조짐이 있는 날 포구에 정박되어 일렁이는 크고 작은 배들. 배들 틈에 끼여 있는 자야네 배 한 척. 자야네 식구를 먹여 살리고, 솔숲 너머 밭을 사게 해 준 소중한 자야네 배. 골목마다 널어 말리는 그물들. 그물을 손질하는 늙고 강인한 사람들. 밑에 구멍이 뚫린 소금 독들. 해초들. 상한 물고기 냄새. 상해 가는 물고기 냄새. 집집마다 말리는 꾸덕한 건어물 향기. 거인처럼 일어서는 바다. 천천히 몸을 낮추는 바다. 그 거대한 덩어리. 그 모든 것을 자야는 눈에 담았다.

밤이면 자야는 새끼 상어가 있는 독 입구를 나무 뚜껑으로 막았다. 그리고 나무 뚜껑 위에는 건드리기만 해도 굴러떨어져 요란한 소리가 나도록 찌그러진 양은 주전자를 올려 두었다. 누구라도 자야 몰래 새끼 상어를 볼 수도 만질 수도 없도록. 쥐나 족제비가 새끼 상어를 물어 가려는 기미를 가장 먼저 알아챌 수 있도록. 자야는 쥐나 족제비가 물고기를 어떻게 건져 가는지 알고 있었다. 쥐들이 서로 협동해 양동이에 넣어 둔 도미를 건져 간 적이 있었다. 족제비나 고양이는 나무 뚜껑을 밀고 독 안에 넣어 둔 문어를 낚아채 간 적도 있었다.

자야는 방에 누워 밖에서 나는 소리에 귀를 기울였다.

먼바다의 파도 소리와 가까운 바다의 파도 소리가 끊임없었다. 포구 마을의 모든 소리는 파도 소리와 함께했다. 담을 넘는 바람, 골목을 지나가는 누군가의 발걸음, 먼 집의 자명종 소리, 난데없는 호루라기 소리, 아기 울음, 고양이나 족제비, 쥐들이 찍찍대는 소리가 파도 소리에 실려 다녔다.

새끼 상어가 들어 있는 독 주변엔 밤이면 온갖 동물이 기웃거렸다. 어떤 고양이는 투덜거리고 어떤 족제비는 신경질을 부렸다. 그래 봤자 두툼한 나무 뚜껑을 열지는 못할 것이다.

와장창, 땡강, 땡그렁…….

자야는 벌떡 일어나 밖으로 뛰어나갔다. 양은 주전자가 바닥에 나뒹굴고, 고양인지 족제빈지는 벌써 집 모서리를 돌아 나가고 있었다.

자야는 양은 주전자를 주워 다시 나무 뚜껑 위에 올렸다. 독 안에서 새끼 상어가 움직이고 있었다. 상어가 꼬리로 물을 튀기는 소리가 났다. 자야는 양은 주전자를 바닥에 내려놓고 나무 뚜껑을 반쯤 열었다. 상어가 첨벙 꼬리를 휘둘렀다. 자야는 상어를 내려다보았다. 상어는 낮에 봤을 때보다 덩치가 커 보였다. 그사이 자라 있었다.

자야는 독 뚜껑을 마저 벗겨 벽에 기대 세워 두고 상어를 보았다. 상어가 까맣고 동그란 눈을 굴렸다. 그러곤 꼬리를 힘차게 휘저었다. 물이 튀어 올랐다. 어스름한 달빛이 반쯤 비친 물속에서 상어는 꼬리를 휘저으며 독의 가장자리를 따라 나아갔다. 독 안에서 쉬지 않고 앞으로 나아갔다.

새끼 상어가 그처럼 쉬지 않고 헤엄치면서 둥근 원을 그리는 건 처음이었다. 달빛에 드러났다가 다시 그림자 속으로 사라지기를 반복하는 상어를 보고 있던 자야는 문득 알아차렸다. 새끼 상어가 무슨 말을 하고 있는지 알아들었던 것이다.

자야는 다시 뚜껑을 덮고 방으로 돌아와 누웠다. 새벽까지 이런저런 생각으로 잠들지 못하고 뒤척였다.

고요하던 바다가 술렁거리고 있었다. 포구에서 솔숲까지 길게 이어진 언덕길을 바람이 사납게 그어 대며 지나갔다. 태풍이 오고 있었다. 바다로 나갔던 배들은 서둘러 돌아왔고, 나가야 할 배들은 포구에 묶였다.

오후에 접어들자 세찬 비가 쏟아졌다. 온 마을 집집마다 이런저런 단속을 하느라 분주했다. 자야네 집도 마찬가지였다. 문을 걸어 잠그고 널어 말리던 건어물이 집 안을 온통 차지했다. 건어물이 들어찬 집 안은 꿉꿉한 생선 냄새로 가득했다.

자야 어머니는 새끼 상어가 들어 있는 독 뚜껑 위에 커다란 돌을 올려 두었다. 웬만한 바람으로는 뚜껑이 벗기지 않을 만큼 큰 돌이었다.

밤이 되면서 태풍이 거세지고 있었다. 암흑처럼 어두운 밤에 파도가 쿨렁거리면서 몰려오고 있었다. 바람이 포구를 들쑤셨다. 바닥이 천장이 되고 천장이 다른 지역의 바닥으로 내동댕이쳐졌다. 비와 바람과 파도가 뒤섞여 요동쳤다.

꽹과리 소리가 골목을 지나갔다. 마을 어른이 피신하라는 신호를 보내고 있는 거였다. 자야 아버지와 큰오빠와 둘째 오빠는 중요한 물건들을 둘러맸다. 자야 어머니와 쌍둥이 오빠와 자야는 뒷문으로 빠져나갔다. 마을 사람들이 솔숲 언덕으로 올라가고 있었다. 다른 사람들은 벌써 솔숲을 넘어가는 중이었다.

부엌 뒷문으로 나갔던 자야가 다시 부엌으로 뛰어 들어갔다. 어머니와 오빠들이 자야를 불렀다. 쌍둥이 오빠가 자야를 잡으러 따라 들어왔다.

자야는 부엌 앞문을 열어젖혔다. 그리고 새끼 상어가 들어 있는 독 앞으로 갔다. 뚜껑 위에 올려진 돌덩이를 밀어 떨어트리려 했다. 쌍둥이 오빠가 자야를 도와주었다. 돌덩이가 바닥으로 떨어지자 쌍둥이 오빠가 자야를 끌어당기면서 가자고 소리쳤다. 자야는 나무 뚜껑을 열어젖혔다. 나무 뚜껑이 굴러떨어졌다. 쌍둥이 오빠가 자야를 끌어당겼다.

상어는 못 데려간다.

알아.

자야가 답했다.

그만 가자.

쌍둥이 오빠가 재촉했다. 자야 아버지가 부엌문까지 따라 나와 고함쳤다. 자야는 쌍둥이 오빠에게 이끌려 부엌으로 뛰어들었다. 아버지를 따라 뒷문으로 빠져나가야 했다. 자야는 쌍둥이 오빠 손을 뿌리치고 다시 부엌 앞문으로 뛰어나왔다. 그리고 굴러떨어져 있던 돌덩이를 들어 올렸다. 무슨 힘으로 돌덩이를 들어 안았는지 알 수 없었다. 끌어안은 돌로 자야는 독을 힘껏 내리쳤다. 독이 폴썩 주저앉는 것처럼 깨졌다.

자야.

쌍둥이 오빠가 자야를 끌어당겼다.

가자.

자야와 쌍둥이 오빠는 부엌 뒷문을 빠져나와 언덕을 향해 뛰었다. 파도 몰려오는 소리가 들렸다. 파도가 발뒤꿈치를 잡으려고 달려드는 것만 같았다.

속도가 빠른 태풍이었다. 새벽이 오기 전에 어느덧 바람이 잦아들었다.

솔숲 너머 학교에 숨어 있던 사람들이 마을로 내려가기 시작했다. 사람들은 제각기 집을 향해 흩어졌다. 자야네 식구도 언덕을 달려 내려와 집을 향해 뛰었다.

자야는 마당을 향해 활짝 열어젖혀진 부엌문 밖으로 나왔다. 바다에 인접한 자야네 마당에는 파도에 떠밀려 온 해초와 잡풀이 온통 뒤엉켜 있었다.

깨진 독 주변에 새끼 상어는 없었다. 멀리서 온 바닷물이 새끼 상어를 데려갔다고 생각했다.

거셌던 바람에 비해 피해는 적은 태풍이었다. 부서진 집도, 주저앉은 집도 없었다. 담벼락 몇 군데가 무너지고 바다 쓰레기가 무수히 올라와 마을 곳곳에 처박힌 게 전부였다. 바다가 속속들이 깨끗해졌을 거라고 자야 아버지가 말했다.

자야는 새끼 상어를 조상님이 구해 준 거라고 쌍둥이 오빠한테만 알려 주었다. 쌍둥이 오빠는 믿지 않는 눈치였다. 하지만 자야는 믿었다. 자야는 새끼 상어를 구해 달라고 조상님께 기도했었다. 잔칫날이 오기 전에 새끼 상어를 바다에 놓아줄 기회를 찾고 있었다. 그런데 자야가 손을 쓰기 전에 조상님이 먼저 힘을 쓴 것만 같았다.

조상님이 자야의 기도를 들어주려면 사건이 필요했다. 자야는 태풍이 몰려와 사건을 만들어 준 거라고 생각했다.

태풍의 흔적도 지워지고 잔칫날도 지난 어느 날 자야는 바닷가에 섰다. 매일 보는 바다는 땅이나 마찬가지였다. 포구 사람들한테 바다는 살아 있는 땅이었다. 살아 일렁거리는 물 덩어리. 새끼 상어는 그 대양 속으로 헤엄쳐 들어갔을 것이다.

해가 바뀌고, 어느 맑은 날 오후에 자야는 보았다. 물 덩어리 표면을 가르며 맴도는 뾰족한 등지느러미. 상어였다. 상어는 물 위를 돌다가 멀어져 갔다. 자야는 새끼 상어가 틀림없다고 생각했다. 바다로 돌아간 상어가 자신을 보러 왔던 거라고 생각했다.

*

"그래서요? 상어를 또 만났어요?"

내가 물었다.

"아니."

"한 번도요?"

샘지 아줌마는 상어를 만났던 자리에 틈이 나면 나가서 기다렸다고 했다. 하지만 그 뒤로 상어를 다시 만난 적은 없다고 했다.

몇 년 지나 샘지 아줌마는 결혼해서 포구 마을을 떠났다. 떠난 후 몇 년간은 포구 마을에 가지 못했다고 했다.

아줌마는 결혼해서 바닷가가 아닌 내륙 지역에 살았다. 아줌마 남편은 시장에서 상점을 운영하던 사람이었는데 아줌마가 셋째를 낳은 해 겨울에 죽었다. 그 후 상점은 아줌마 남편의 형이 맡아서 하다가 팔게 되었다. 아줌마한테는 아이가 셋 있었다. 어떤 일이든 아줌마가 직접 돈을 벌어야 했다. 이런저런 일을 하던 아줌마는 쌍둥이 오빠가 권한 생선 파는 일을 하게 되었다고 했다.

아줌마의 쌍둥이 오빠는 바다에서 잡힌 생선을 내륙으로 내다 파는 일을 벌였다. 말린 생선이나, 소금에 절인 생선을 산간 지역에 팔려면 많은 중간 상인이 필요했다. 아줌마는 쌍둥이 오빠와 거래하는 중간 상인들 중 한 사람이었다. 일은 고되고 험했지만 그 일을 해서 세 아이를 키우고, 큰아들이 서울에 있는 대학에 들어갈 무렵에는 집도 샀다고 했다.

쌍둥이 오빠와 같이 일을 하면서부터 아줌마는 포구 마을에 자주 간다고 했다.

"그런데 상어를 못 봤어요?"

"못 봤어."

"왜요?"

"바닷가에 안 나가니까."

"왜 바다에 안 나가요?"

내가 조르듯이 물었다.

아줌마가 어릴 때 살던 집은 이제 없다고 했다. 그 집은 마당에서 바다가 훤히 보이도록 바다에 인접해 있었는데, 어느 해 태풍에 집 안까지 바닷물이 치고 들어와 집이 엉망이 되었다는 것이다. 아줌마네 집뿐 아니라 바다에 인접해 있던 다른 집들도 마찬가지였다고 했다. 그 뒤로 집 앞에 방파제가 새로 놓이고 방파제 주위의 집들은 모두 허물어 버렸다고 했다.

샘지 아줌마 부모님도 돌아가시고, 큰오빠와 둘째 오빠는 도시에 나가 살고, 쌍둥이 오빠만 포구 마을에 살고 있다고 했다. 쌍둥이 오빠가 사는 집은 아무리 센 태풍이 몰려와도 바닷물이 들이닥치지 못할 언덕 중턱에 있다고 했다. 집 바로 뒤가 솔숲이라고 했다.

"그럼 이제 상어는 안 기다려요?"

내가 곧바로 되묻자 할머니가 몸을 뒤척이면서 말했다.

"고만하고 자거라."

나는 할머니와 샘지 아줌마 사이에 누워 바람 소리와 빗소리를 들었다. 밖에서는 태풍이 요동치고 있었지만 나는 깊은 잠에 빠져들었던 것 같다.

아침에 눈을 뜨자마자 나는 방문을 열고 밖으로 뛰어나갔다. 아직 비가 흩뿌리고 있었지만 바람은 잦아들었다. 태풍이 물러간 모양이었다. 하지만 태풍은 곱게 물러가지 않았다. 세상은 온통 헝클어지고 개울물이 둑 위로 넘쳐 날 듯 쿨렁거리고 있었다. 황토색 개울물에 온갖 것이 떠내려오고 있었다.

다행히 우리 집 마당까지 물이 들이치진 않았다. 그래도 시뻘건 흙탕물 덩어리가 몰려 내려가는 개울을 보니 학교에는 못 갈 것 같았다.

아침상에는 간고등어가 들어간 된장국이 올랐다. 김이 오르는 밥 위에 할아버지가 고등어 살을 올려 주었다. 된장 맛이 밴 고등어 살은 쫄깃하고 고소했다.

아침상을 물리고 나서 샘지 아줌마는 길을 나섰다. 큰물이 넘쳐 위험하니 더 있다가 나서라고 할머니가 말렸지만 아줌마는 극구 길을 나섰다.

아줌마가 길을 나선 후 나도 학교에 갔다. 윗마을에서 아이들이 내려가는 모습이 보였다. 아이들이 마을 밖에 나섰다가 다시 돌아온다면 물이 다리 위까지 넘쳤다는 뜻이었다. 물이 다리 위까지 넘치면 학교에 갈 수 없었다. 그런데 다시 돌아오는 아이들이 없는 것으로 봐서 물이 다리 위까지 넘치지는 않은 모양이었다.

샘지 아줌마가 한번 다녀가면 며칠 동안 고등어 반찬을 맛볼 수 있었다. 그러고 나면 샘지 아줌마가 다시 올 때까지 한동안은 먹을 수 없었다.

샘지 아줌마는 날짜가 되면 어김없이 왔고, 그럴 때마다 할머니는 자반고등어를 샀다. 때때로 작은 게를 사기도 했다. 작은 게는 매콤한 고추장 양념에 조렸다. 할머니는 틀니 때문에 게 반찬을 먹지 못했지만, 그래도 철이 되면 한 번씩 해주었다. 할머니와 할아버지를 뺀 다른 사람들은 모두 게 반찬이 오른 상을 보면 기뻐했다.

잔칫날이 다가오면 어느 집이든 상어를 주문했다. 샘지 아줌마가 이고 온 상어는 어김없이 잔칫상에 올랐다. 잔칫상에 올랐던 상어를 나는 좋아하지 않았다. 소금에 절인 상어 고기는 지독하게 짜고 질기기만 했다. 할머니는 상어 고기 속맛을 알아야 어른이 되는 거라고 했다. 어린 시절의 나는 상어 고기 속맛을 알고 싶지 않았다.

*

태풍이 오던 날 이후에 샘지 아줌마가 우리 집에서 또 자고 간 날은 없었다. 그래서 아줌마한테 새끼 상어 이야기를 더 들을 수는 없었다. 들을 기회도 없었다.

오랜 시간이 지나고 나서야 나는 샘지 아줌마를 기억해 냈다. 그리고 이제야 문득 그날 밤 샘지 아줌마와 나눈 이야기를 떠올렸다.

태풍이 오던 그날 밤 할머니가 잠든 후였다. 어쩌면 샘지 아줌마도 잠에 들었을지 모른다고 생각하면서 내가 물었다.

"그럼 잔칫날엔 어떻게 했어요?"

샘지 아줌마가 잠결인 듯 대답했다.

"아버지가 상어 고기를 사 왔어."

"다른 상어요?"

"그랬지. 다른 상어 고기를 썼지."

왜인지 모르지만 나는 화가 나서 불쑥 물었다.

"어째서 어떤 상어는 소금에 절여져 상에 오르고, 또 어떤 상어는 바다로 돌아가는 건데요."

"상어는 다 같은 상어지."

"어째서 같아요?"

샘지 아줌마는 더 말하지 않았다. 깊은 잠으로 빠져드는 아줌마 숨소리를 들으면서 나 또한 잠에 빠져들었다.

언제부터인가 샘지 아줌마는 마을에 오지 않았다. 그래도 나는 가끔 샘지 아줌마를 기다렸다. 그럴 때면 내가 자야인 듯 새끼 상어를 기다렸다. 검은 대양을 가르며 나아가는 상어의 힘찬 등지느러미를 내가 이어서 기다리는 것이다.

소소한 명예

그 일은 플루토 때문에 시작됐다. 초록색 눈동자를 가진 까만 고양이 플루토의 원래 이름은 모른다. '키키'라는 사람도 있었고, '나비'라는 사람도 있었지만 정확한 건 알 수 없다. 한 가지 분명한 건 플루토가 어느 날 갑자기 나타났다는 것이다.

우왕왕왕.

어느 날 아침 플루토는 101호 에어컨 실외기 위에 올라서서 울었다. 그 첫날 이후 플루토는 거의 매일 오전에 101호 베란다 창틀이나 에어컨 실외기 위에 올라 울어 댔다. 101호에 사는 할아버지와 할머니가 플루토한테 사료를 주는 것으로 보아 처음에는 그 집 고양이인 줄 알았다. 101호를 드나드는 외출 고양이일지도 몰랐다. 외출을 일삼는 고양이가 집 안으로 들어가고 싶을 때 우는 것일 수도 있었다.

"이 집 고양입니까?"

고양이 먹이 그릇을 챙기던 101호 할아버지를 향해 누군가 물었다.

"아닙니다."

"그런데 왜 사료를 줍니까?"

"여기 와서 우니까 사료라도 챙겨 주는 거지요."

"아는 고양입니까?"

"모르는 고양이요. 누가 버리고 갔다는 말은 있더이다."

"누가요?"

"누군지는 모르오."

이후에도 플루토는 아침이면 101호 창문 앞에 와서 울어 댔다. 그러면 창문이 열리고 할아버지나 할머니가 사료와 물을 챙겨 주었다.

플루토가 아침마다 울어 대는 일이 계속되자 말이 나오기 시작했다. 처음에는 고양이 울음소리가 문제였지만 점차 고양이 자체가 문제 되었다. 세상에는 고양이를 좋아하는 사람만큼이나 싫어하는 사람도 많다. 고양이를 싫어하는 사람들 중에는 고양이가 눈에 띄지만 않으면 상관 안 하는 사람이 있는가 하면, 무섭게 상관하는 사람도 있다. 물론 고양이가 있거나 없거나 신경 쓰지 않는 사람도 있다. 그런데 매일 아침 우렁찬 소리로 울어 대는 덩치 큰 검은 고양이는 거의 모든 주민 눈에 띄었다. 눈에 띈 만큼 관심의 대상이 되었고, 신경을 쓰게 했다. 결국 플루토 문제는 어떻게든 처리해야 하는 일이 돼 가고 있었다.

울지만 않으면 괜찮을 텐데. 다른 고양이들처럼 조용히 다니면 별문제 되지는 않을 텐데. 조용히 소망하는 사람들이 많았다. 그런데 플루토는 전혀 그럴 마음이 없어 보였다.

*

금요일 오후였다. 집에 오는 길에 2층 작은언니를 만났다. 그 언니는 동네 길고양이들 사료를 챙겨 주는 '캣맘'이었다. 가끔은 그 집 큰언니와 함께 고양이들을 챙기러 다니기도 했다. 2층 언니들은 누구보다 우리 동네 고양이들에 대해서 잘 알고 있었다. 어떤 고양이가 새끼를 낳았는지, 어떤 고양이가 어디를 다쳤는지, 어떤 고양이가 대장인지, 어떤 고양이와 어떤 고양이가 서로 사이가 좋은지 나쁜지 알고 있었다. 또 어떤 고양이가 새로 나타났는지 그 언니만큼 아는 사람은 없을 터였다.

내가 1층 베란다 앞에 와서 우는 목청 좋은 검은 고양이를 아냐고 묻자 2층 작은언니가 이렇게 말했다.

"플루토 말이니?"

"이름을 아세요?"

"우리가 지어 준 거야."

"우리 동네 고양이였어요?"

"누가 버리고 간 것 같아."

누군가 버리고 갔다는 말은 듣기 힘들었다. 하지만 이름을 가졌다는 것을 알게 되자 그 검은 고양이가 잘 아는 고양이가 된 것 같았다.

"누가 버리고 간 걸까요?"

"정확하게는 모르지만 플루토가 어느 집에 살던 앤지는 알 것 같아. 베란다 창으로 본 적 있거든. 이사 가면서 버리고 갔거나, 잃어버린 것일 수도 있겠지."

"버린 거면 어째요?"

"그런 일은 흔해. 작년에 이동장에 넣어서 두고 간 고양이도 있었어. 키우던 사람이 누군지도 정확하게 알고 있었지."

"어떻게 했어요?"

"연락처를 아는 이웃 사람이 있어서 연락을 해 봤지."

"그랬더니요?"

"방사하거나 처리해 달라고 했대. 자기가 지금 외국에 있고, 당분간은 들어올 일이 없으니 그렇게 해 달라면서, 처리 비용을 보내겠다고 하더라고."

"그래서요?"

"그때 우리가 그 문제로 의논을 했는데."

"했는데요?"

"둘레 숲에 살도록 그냥 두기로 했지."

"신고하지 않고요?"

"개나 고양이를 신고해 봤자, 버려진 동물은 보호소에 갔다가 죽게 되기 십상이거든."

"그럼 그 고양이는요?"

"지금 둘레 숲에 살고 있어."

둘레 숲에 사는 고양이는 나도 여럿 알고 있었다. 그래서 또 물었다.

"어떤 앤데요?"

"노랑이."

2층 언니가 말한 노랑이는 둘레 숲에 사는 노랑이들 중에 꼬리가 유난히 긴 애였다. 사람을 보면 '와이파이' 신호처럼 꼬리를 세우고 당당하게 걸어오는 노랑이였다. 노랑이는 걱정했던 것보다 바깥 생활에 잘 적응한 경우인데, 덩치 큰 수컷이라서 적응하기 더 쉬웠을 거라고 2층 언니가 말했다. 어쩌면 예전에 길에서 살았던 경험이 있는 고양이인지도 모른다고 했다. 노랑이는 잘 적응한 경우지만, 갑자기 길에 내몰린 대부분의 고양이는 곧 다치거나 죽을 확률이 높다고 했다.

"플루토는 어떨까요."

"그러게. 지켜보고 있어. 누군가 그러는데, 이사 가는 날 플루토가 뛰쳐나간 것 같다고 하더라고. 그래서 주인이 시간에 쫓겨 일단 가면서, 다음에 찾으러 온다고는 했다던데. 그래서 좀 지켜보는 중이야."

"벌써 한참 됐는데, 여태 찾으러 오지 않으면 버린 거죠!"

"그럴 수도 있지."

"연락해 봐야 하지 않아요?"

"연락처를 알려면 알아낼 수도 있지만, 어쩐지 좀 걱정돼서."

"뭐가요?"

"노랑이 때처럼 나올 수도 있으니까."

"그럼, 공개해 버려요."

"뭘."

"그 사람이 누군지 아는 사람이 있다면서요. 고양이를 버리고 간 사람이라고 공개해 버려요. 다시는 그런 짓 못 하게요."

"서로 입장을 좀 더 생각해 봐야지."

2층 작은언니가 생각해 본다는 게 플루토 입장인지, 플루토를 버린 사람 입장인지, 플루토를 문제 삼는 아파트 주민들 입장인지, 정확히는 모르겠지만 따져 묻진 않았다. 하지만 입장 문제라면 플루토가 가장 곤란한 쪽이라는 건 분명했다.

*

그런데 플루토가 왜 하필 101호 창문 앞에서 울기 시작했을까?

궁금해하던 어느 날이었다. 저녁에 플루토 울음소리가 웅얼웅얼 들리면서 점차 가까워지더니 101호 창 밑에 멈춰서는 힘차게 들려왔다. 101호 베란다 창이 열리는 소리가 났다. 그리고 할아버지 목소리가 들렸다.

"이놈아, 조용히 좀 다니거라."

뒤이어 기다렸다는 듯이 낯선 목소리가 들렸다.

"이 댁 고양이예요?"

"우리 고양이는 아닌데, 왜 그러오?"

"시끄러워 살 수가 있어야죠. 하루 이틀도 아니고 이게 뭐예요!"

"조금 기다려 주시오. 이놈도 적응하려고 그러는 게요."

"고양이 되게 위하시네요!"

"위하지 못할 이유가 뭐요."

"그렇게 위하시면 집에 들여서 키우든지요. 시끄럽지 않게요."

"젊은 댁이 말이 왜 그 모양이오?"

"이 집에서 사료 주고 챙겨 주니까 매일 여길 찾아오잖아요!"

"찾아오는 애를 쫓으란 말이오?"

"쫓아야죠."

우리 아래층 현관문 열리는 소리가 나고 누군가 아래로 내려가는 발소리가 요란하게 들렸다. 나는 베란다 창문을 열고 아래를 내다보았다. 곧이어 2층 작은언니와 큰언니 목소리가 들렸다. 그러자 낯선 목소리가 약간 누그러졌다.

"나도 고양이 싫어하는 사람은 아니에요. 하지만 고양이 소리 때문에 신경 쓰면서 살아서야 되겠어요? 먹이 안 주면 오지 않을 것 같아서 하는 말이에요."

낯선 목소리가 멀어져 가자 1층 할아버지가 2층 언니들한테 미안하다는 듯이 말했다.

"이놈이 목청이 너무 좋아 탈이네."

"그런데 왜 여기 와서 울어 대나 모르겠네요."

2층 큰언니가 물었다. 이번에는 할머니가 말을 받았다.

"지난번 아침에 내가 창밖을 보는데 이놈이 에어컨 실외기 위에 올라서서 집 안을 들여다보고 있잖아. 이 녀석이 우리 고양이 보는 건가 싶어서, 간식을 좀 줬지. 그랬더니 그때부터 수시로 와서 울어 대는 거야. 집 안에 들이고 싶어도 우리도 고양이가 둘 있고, 더 들이기는 힘들지. 아이고, 내가 첫인사를 잘못한 탓에 이놈이 미움을 받네."

"그런데 누가 이사 갈 때 두고 간 거라는 말도 있던데요."

"그래. 그렇다고 들었어."

"누군지 아세요?"

"이사 가고 없는 사람을 입에 올려 뭐 해. 여태 찾으러 오지 않는 거 보면 포기한 게지."

"그럼 쟤는 어째요?"

"이제 이 동네 고양이니까 어떻게든 여기서 잘 살도록 해야지."

그날 저녁의 작은 소동은 금방 끝났지만, 작은 소동 뒤에는 큰 갈등이 숨어 있다는 것을 알아야 했다. 그날 불만을 터트린 사람은 낯선 목소리 한 사람이었지만, 그 낯선 목소리와 같은 생각을 가진 많은 사람들이 있을 것이다.

*

우리 아파트에는 고양이 키우는 집이 많다. 우리 라인만 하더라도 여섯 가구 중에 세 가구가 고양이를 키우고 있었다. 집에 고양이를 키우고 있다 하더라도 길고양이를 무조건 좋아하는 것은 아니다. 모두가 아래층 언니들이나 1층 할머니, 할아버지처럼 길고양이한테 관대한 것은 아니다. 길고양이가 진드기와 병균을 옮길 수 있다면서 건물 가까이 오는 걸 싫어하는 사람도 많다. 한때 집고양이였던 플루토도 여지없이 길고양이 취급을 받았다.

막상 플루토는 자기가 어떤 취급을 받는지 따위는 아랑곳없이 1층 베란다 창 앞에 찾아와 당당하게 울어 대는 날이 계속되었다.

그런데 어느 날부터인가 플루토가 하얀 고양이 가족을 데리고 나타나기 시작했다. 하얀 고양이는 모두 다섯이었다. 어미와 새끼 네 마리인 고양이 가족을 플루토가 데려와 1층 할아버지가 내놓은 사료를 같이 먹었다.

혼자 찾아올 때는 온 동네가 들썩거리게 우렁찬 목소리로 울어 대던 플루토가 하얀 고양이 가족을 데려오면서부터 좀 달라진 것 같았다. 어쩐지 목소리가 약간 부드러워지고 애원하는 것 같은 투로 바뀌었다.

하지만 검은 고양이 한 마리가 나타나 우는 것과 여섯 마리나 되는 고양이 무리가 수시로 나타나는 것은 달랐다. 거기에 더해 플루토가 하얀 고양이 가족을 이끌고 오기 시작하면서부터 다른 고양이들도 모여들기 시작했다. 고양이들이 모여들자 사람들의 왕래도 잦아졌다. 아이들은 아이들대로 고양이를 구경하러 모여들었고, 어른들은 어른들대로 모여들었다.

급기야 관리 사무소에 민원이 들어가기에 이르렀다.

'아파트 단지 내에서 고양이 먹이를 주지 마시오.'

안내가 나붙었다. 그뿐 아니라, 1층 베란다 창 밑 공간에 2층 언니들이 만들어 넣어 주었던 고양이 집도 치워졌다.

어느 날 저녁 둘레 숲 근처에서 2층 언니들을 만났다.

"집을 이쪽으로 옮겨 놓긴 했는데, 플루토가 이용할지는 모르겠네."

"플루토만요?"

"플루토가 이용하기 시작하면 다른 고양이들도 이용할 건데."

"어째서요?"

"목소리가 커서 그런지 어쩐지, 플루토가 대장 노릇을 하고 있는 것 같아. 다른 고양이들이 플루토를 의지하는 것 같기도 하고. 뭔가 믿음직한 구석이 있는 거겠지?"

2층 큰언니 말에 따르면, 플루토가 집에서만 살던 고양이는 아닌 것 같았다. 그리고 무엇보다 다 큰 수컷 고양이가 집에서만 살았다면 중성화 수술이 되어 있어야 마땅한데 플루토는 안 되어 있었다. 큰언니는 중성화가 되지 않은 고양이를 집 안에서 키우는 건 감옥에 가둬 두는 것과 마찬가지라고 했다. 발정기가 닥친 고양이가 밖으로 나가고 싶어서 벽지를 죄다 뜯어 둔 경우도 봤다고 했다.

"외출 고양이였을지도 모르지."

"외출했으면 그동안 왜 눈에 안 띄었을까요?"

"그동안은 조용히 다녔을 수도 있지. 그런데 돌아갈 집이 없어지니까 쟤도 당황해서 고함지르고 다녔을 수도 있고."

"이제 적응해 가는 모양인지 요즘은 우는 것도 덜하긴 한데……."

"맞아요. 목소리는 확실히 점잖아졌어요."

"그런데, 병원에 데려가려면 잡아야 하는데 좀처럼 잡히지가 않네."

2층 작은언니는 기회를 봐서 플루토를 병원에 데려가려는 계획이 있다고 말했다. 구청에서 무료로 해 주는 중성화 신청을 해 놨다는 거였다.

"하지만 곤란한 문제가 있어."

"무슨 문제요?"

"중성화 수술을 시키자면 전 주인이 플루토를 완전히 포기해야 하는 게 우선이야. 만일 나중에라도 전 주인이 나타나서 중성화시킨 것을 문제 삼으면 곤란해지지. 잘못하다간 남의 고양이를 맘대로 데려가서 수술시킨 꼴이 되는 거니까. 무엇보다 얘가 길고양이라는 게 확실해야 무료로 수술시킬 수 있고."

"수술 안 시키면 안 돼요?"

내가 묻자 큰언니가 설명했다.

고양이와 사람이 어울려 살자면 종 사이의 적당한 사회화 과정이 필요하다. 그게 고양이 개체 수를 조절하는 게 될 수도 있고, 고양이한테 사료를 주는 게 될 수도 있는데, 서로 감당할 수 있는 적절한 선에서 불편을 감수하는 게 서로를 위하는 길이라고 했다.

"그럼 연락해 봐야겠네요?"

"플루토가 이 동네서 자리 잡고 살게 하려면 매듭을 지어야지."

우리가 이야기를 나누는 동안 하얀 고양이 가족과 플루토가 어울려 덤불 속에서 나왔다. 마치 플루토가 하얀 고양이 가족을 보호해 주는 전사라도 된 것처럼 굴었다.

사료 주는 곳을 옮긴 후부터 플루토를 보려면 둘레 숲으로 가면 되었다. 플루토와 하얀 고양이들은 근처에 있다가 2층 언니들이 사료 가방을 들고 오는 시간이 되면 모여들었다. 플루토가 버려진 건지, 집을 뛰쳐나온 건지는 아직 알 수 없었지만 동네에 적응한 것은 분명해 보였다.

*

며칠 후 2층 언니들한테서 플루토 이야기를 들었다. 플루토는 이 아파트에 있는 셰어 하우스에 살던 고양이라고 했다. 아파트 한 채를 빌려 방을 사람들에게 다시 빌려주는 셰어 하우스가 몇 집 있는데, 플루토는 그중 한 집에 살던 고양이였다는 것이다.

그런데 셰어 하우스를 운영하던 사람이 플루토의 주인인지 아닌지는 불분명했다. 단지 그 집에 드나들던 고양이였다는 것뿐이었다. 셰어 하우스를 알리는 데 고양이를 내세우기도 한 증거까지 있지만, 셰어 하우스 주인은 자기 고양이가 아니라고 했다는 것이다.

"그럼, 플루토를 버렸다는 거네요?"

"그건 아니래."

"그럼요?"

"애초에 자기 고양이가 아니었다니까. 버린 것도 아니지. 플루토 주인은 따로 있다더라고."

"그건 또 무슨 말이에요?"

"셰어 하우스에 살던 어떤 사람이 데리고 있던 고양인데 나갈 때 두고 갔다는 거야."

2층 언니가 들은 바에 따르면 셰어 하우스 주인도 처음엔 검은 고양이가 베란다에 드나드는 걸 몰랐고, 나중에 가서는 알게 됐지만 셰어 하우스에 살던 사람들이 불만을 제기하지 않아서 그냥 두었다고 했다. 그러다가 얼마 전에 집이 팔리고 내부 수리를 하면서 플루토가 갈 곳이 없어져 버린 것 같다는 얘기였다.

"그럼 원래 주인과는 연락이 된대요?"

"아니."

"그럼 핑계네요."

"그 사람이 자기도 고양이 때문에 힘들었다고 도리어 화를 내더라고. 병원비도 들었고, 사룟값이며 자기가 쓰지 않아도 될 돈도 많이 썼다면서. 이야기를 듣다 보니까, 다른 사람 고양이라는 건 핑계인 것 같고, 더 이상 감당하고 싶어 하지 않는 것 같다는 생각이 들더라고."

"그럼 포기한 거네요."

"그런 셈이긴 해."

"그럼 중성화시켜도 문제없다는 거네요?"

"그런데 그쪽에서 고양이 한 마리로 이렇게 소란을 떨 필요 있냐고 하더라고."

"소란을 떤다고 해요?"

"응. 키우다가 못 키울 사정이 생길 수도 있는 거지, 그런 걸 가지고 추적해 전화까지 해서 사람을 괴롭히냐고. 우리한테 도리어 몰상식하다고 난리 치더라고."

"우리가 몰상식한 거래요?"

"그뿐 아니야. 한 번만 더 고양이 문제로 연락하면 신고하겠다는 거야. 아마, 플루토 문제로 다른 사람한테도 전화받은 적이 있는 것 같았어."

"우리를 신고하겠다고 해요?"

"그런다고 못 박더라고."

2층 작은언니가 말했다.

"그래서 말인데, 이 문제를 공론화하는 게 어떨까 싶어. 지역 카페에 이 일을 공개하는 게 어때? 그러면 진짜 사정이 밝혀질 수도 있고."

"저는 찬성이에요."

내가 답하자 2층 작은언니가 이어 말했다.

"다시는 그런 짓을 못 하도록 해야지."

그러자 2층 큰언니가 말했다.

"그렇게 하는 건 쉬워. 그건 언제라도 할 수 있는 일이야. 하지만……."

큰언니 말에 작은언니가 말꼬리를 달았다.

"그러면 어떻게 하자는 건데."

"다른 사람들 의견을 들어 보고 결정해야지. 우선 1층 아저씨,

아주머니와 먼저 의논해 보고 난 후에 결정하는 게 좋겠어."

*

밤에 우리는 둘레 숲에 있는 고양이 급식소 근처에서 다시 모였다. 내가 나갔을 때 이미 2층 언니 둘과, 1층 할아버지, 할머니, 그리고 동네에서 간혹 보던 몇 사람이 둘러서서 이야기를 나누고 있었다.

"법 이전에 사정이 있지 않을까 싶어요."

사람들이 나누고 있는 이야기는 이런 거였다. 키우던 고양이를 방치하고 버리는 건 동물 학대에 해당하니 법대로 하면 고양이 주인이 처벌을 받게 된다는 것이었다. 그런데 1층 할머니는 사정을 먼저 살펴봐야 하지 않겠냐고 말을 하던 참이었다.

그러자 이야기를 곰곰이 듣고 있던 한 사람이 이런 말을 해 주었다. 검은 고양이의 원래 주인은 셰어 하우스에 살던 사람들 중 하나가 맞을 거라고 했다. 그 사람이 셰어 하우스에 처음 들어올 때 고양이 캐리어를 들고 오는 걸 봤다고 했다. 그 사람은 그곳에서 오래 살지는 않고, 육 개월쯤 후에 나갔다. 그런데 그 사람이 데리고 온 고양이는 계속 그 집에 살았는데, 간혹 베란다 창을 통해 밖으로 드나들기도 했다는 것이다.

고양이를 밖에 내보내고 문을 닫아 둔 적도 여러 번 있었지만,

그럴 때면 검은 고양이가 베란다 창밖에서 문을 열어 줄 때까지 기다리곤 했다는 거였다.

"그때는 울지 않았다는 거네요."

"그랬죠. 울었다 해도 요란하지는 않았겠죠."

그런데 셰어 하우스가 팔리고 내부 공사가 시작되자 검은 고양이는 자기가 드나들던 집이 아니라 뜻밖에도 101동 1층에 와서 울기 시작했다.

"아마, 그 댁에 고양이가 있어서일지도 모르죠."

1층 할머니는 그럴 것이라고 하면서도 이렇게 덧붙였다.

"그 마음을 누가 알겠어요."

다른 사람이 물었다.

"원래 주인은 대체 어떤 사람이죠. 데려온 고양이를 그냥 두고 저 혼자 가 버리다니. 그냥 둬선 안 되는 거 아니에요?"

"연락처를 알려고 들면 알아낼 수는 있겠지요. 셰어 하우스 주인도 처음엔 그 생각을 했겠지요. 연락을 할까, 신고를 할까, 생각이 많았대요."

그리고 이어지는 이야기는 이랬다.

검은 고양이를 데리고 셰어 하우스에 입주한 사람이 처음부터 플루토를 버리고 갈 생각은 아니었던 것 같다. 그 사람은 플루토와 사이가 굉장히 다정했는데 결국 두고 가기로 마음을 먹게 되기까지 사정이 있었을 거다. 보증금 없이 월세만 내고 사는 셰어 하우스에 입주한 것도 의지할 곳이 없어서였을지 모른다. 가족도, 친구도, 도움받을 곳도 없으니 셰어 하우스에 왔을 수 있고, 또 이 곳을 떠나면서 고양이를 데리고 갈 수 없는 사정이 되었을 수도 있을뿐더러, 혼자서 감당하기 힘든 사정이 있을 수도 있다.

그 이야기를 해 준 사람은 셰어 하우스 운영자와 통화까지 몇 번 했는데 고양이 원래 주인을 공개해서 창피를 주자는 말이 그때도 나왔다. 그래야 두 번 다시 이런 일을 저지르지 않을 거라는 생각에서였다. 그랬는데 셰어 하우스 운영자가 나중에 이런 말을 했다고 한다.

"잘못한 건 맞지만 명예를 생각해서 그렇게까지 하고 싶지는 않다고 하더라고요. 고양이를 버리고 간 사람을 찾아내서 온 세상에 대고 이런 사람이 있다고 떠드는 게 문제를 해결하는 방법이 아니라고 생각한다면서요."

가만히 이야기를 듣고 있던 1층 할머니가 말을 꺼냈다.

"내 생각도 그래요. 개인들의 이런저런 잘못이 너무 과하게 까발려지는 게 도리어 큰 문제라고 생각하는데. 잘못에 대한 벌을 받는 것과 별개로 온 천지에 알려지고 지탄받는 건 개인의 숨을 권리와 직결되는 거라는 생각이 들어요. 누구나 이런저런 잘못을 하면서 살아가는 걸 텐데, 그럴 때마다 주변에서 지나치게 반응하는 게 과연 옳은 일일까 싶기도 하고요."

2층 큰언니가 할머니 말에 이어 의견을 꺼냈다.

"제 생각도 그래요. 고양이를 버린 사람이라고 실명을 거론해 모욕을 주는 일이 과연 일을 해결하는 방식일까요?"

그때까지 묵묵히 이야기를 듣고 있던 다른 사람이 2층 큰언니 말을 이었다.

"누구나 사정이 있다지만, 사정을 넘어서는 책임이라는 게 있지 않아요! 누군가는 사정이 있어도 책임을 지는데, 또 누군가는 사정 때문에 책임을 지지 않아도 된다면, 대체 누가 끝까지 책임을 지려고 하겠어요."

다시 1층 할머니가 말을 이었다.

"개인의 사정상 책임을 지기 힘들 때, 사회에서 책임을 이어야 하는 거지요. 그 사회가 국가일 수도 있고, 이웃일 수도 있고, 친구일 수도 있고, 우리처럼 생판 모르는 사람들일 수도 있고요."

다른 사람이 말을 받았다.

"그렇다면 책임을 끝까지 지는 사람만 손해 보는 거네요."

"그건 아닐 거요. 누구든 이 일이 아닌 다른 일에서 책임을 회피한 경우가 있을 거고 그때 누군가의 도움을 받을 것이고, 또 누군가를 돕게 될 수도 있지요. 누구나 언젠가는, 도움받을 일이 생기고, 도움 줄 기회도 생기는 거지요. 고양이를 버리고 간 이도 지금은 저런 결정을 했지만, 나중에 다른 고양이들을 돌봐 주게 될 수도 있지 않겠어요?"

"그럼 고양이를 버린 사람도 봐주고 저 고양이도 봐주자는 거지요?"

"그 편이 서로의 명예에도 좋을 것 같네요."

"서로의 명예라뇨. 우리한테 무슨 명예가 생겨서요?"

"저들의 명예를 지켜 준 명예요."

"사람은 그렇다 치고 고양이한테 명예가 무슨 상관이죠?"

"원래 주인을 찾아서 돌려보낸다고 한들 여기서보다 더 편히 살 거라는 보장은 없으니, 이 동네에 살도록 두는 게 좋지 않겠어요?"

"그것과 고양이 명예가 무슨 상관이죠."

"저 고양이는 이제 우리 동네 고양이 아니겠어요? 그게 바로 저 고양이의 명예가 되는 게지요."

2층 작은언니가 그 말끝에 답했다.

"둘레 숲에서 사료를 주고 있으니 아파트 단지 안으로 들어오는 일은 점차 줄어들 거예요. 얘들도 눈치가 있어서 불편한 곳은 피하거든요."

그날의 모임으로 플루토는 동네 고양이가 된 것 같았다. 그 전만 하더라도 플루토는 길고양이보다 못한 고양이, 치워 버려야 할 성가신 고양이 취급을 받았지만, 이제는 아니었다.

*

중성화 수술을 하고 다시 둘레 숲으로 나온 플루토는 101동 앞에 와서 우는 일이 드물어졌다. 플루토를 보려면 둘레 숲 급식소 근처에 가면 되었다. 플루토는 2층 언니들한테 유난히 친근한 표시를 했다. 그 언니들 다리만 꼬리로 감고 몸을 비볐다. 수술받고 2층 언니들 집에서 며칠 몸조리했는데, 그때 남다른 마음이 생긴 모양이었다. 고양이도 자기를 위해 고생한 사람을 대접할 줄 안다고 1층 할머니가 말했다.

어느 날 둘레 숲에서 2층 언니를 만났다.

"그런데 왜 이름을 플루토라고 지었어요?"

내가 물었을 때 2층 언니가 이렇게 말해 주었다. 플루토라는 이름은 「검은 고양이」라는 소설에 등장하는 고양이라고 했다. 그 짧은 소설 속의 고양이는 섬뜩하고 무섭고 나쁜 기운을 가지고 있는 것처럼 그려지는데, 그것이 고양이한테 불명예를 줄 수도 있다는 생각이 들었다고 했다. 그래서 그와 똑같이 생긴 고양이한테 플루토라는 이름을 주고 다르다는 것을 알게 해 주고 싶었다는 것이다. 무서운 기운을 가진 소설 속 검은 고양이와 달리 실제 고양이는 겁이 많고, 작은 사고나 질병에도 쉽게 죽고, 마음을 쓴다는 것이다.

나만 할 수 있는 일

그날 아침 마당에 아이들이 모여 있었다.

"저게 뭔 줄 아냐?"

친척 아이가 처마 밑에 매달린 걸 가리키면서 물었다.

"간."

귤색 스웨터를 입은 여자아이가 답했다. 어제 도시에서 온 그 애가 '간'이라고 하자 누군가 말했다.

"간이 이렇게 작겠냐?"

"이걸 모르냐?"

다른 애가 외쳤을 때 할아버지 방문이 덜컥 열리면서 누가 나왔다. 마루 끝에 나선 사람이 우리 쪽을 보면서 손짓했다. 나를 부르는 거였다. 나는 그쪽으로 뛰어갔다. 내가 가까이 다가가자 그 사람이 말했다.

"들어와라."

방 안은 어른들로 꽉 들어차 있었다. 한 사람이 자리를 비켜 주었다. 나는 어른들 틈에 끼어 앉았다.

할아버지가 보였다. 할아버지는 누워서 나를 보고 있었다. 할아버지는 입을 벌렸다. 목소리는 나지 않았다. 무슨 말을 한 것 같았는데 알아듣지 못했다. 할아버지 얼굴 가까이 다가가려 했지만 사람들이 막았다.

"그만 나가 봐라."

누가 그렇게 말하자 다른 누가 나를 방 밖으로 밀어냈다. 방문이 탁, 닫혔다. 나는 닫힌 방문을 잠깐 보고 서 있다가 마당으로 내려갔다.

나는 아이들 쪽으로 빠르게 걸어갔다. 아이들이 모두 나를 바라보고 있었다. 내가 아이들 틈에 섞이자 누군가 물었다.

"왜 불렀대?"

"몰라."

"모르다니?"

"어른들 일이라서."

나는 그렇게 말하면서 발끝으로 바닥을 찼다. 아이들이 모두 나를 주시하고 있는 것 같았다. 뭔가가 내 목덜미를 잡고 위로 끌어올리는 것만 같아서 소리를 지르고 싶었다. 나는 바닥을 더 세차게 찼다. 그때 친척 아이가 처마 밑을 가리키면서 아이들을 향해 다시 물었다.

"그럼 저게 뭔데?"

아이들은 다시 처마 밑에 매달린 그것을 올려다보았다. 겨울바람에 천천히 말라 가고 있는 그것이 뭔지 나는 알고 있었다. 하지만 그건 내가 아는 척할 게 아니었다. 그건 친척 아이가 도시에서 온 아이들한테 직접 알려 줄 거였다.

할아버지 방문이 다시 열리고 누가 나오더니 안방으로 건너갔다. 안방에 들어갔던 어른이 할아버지 방으로 건너가면서 우리 쪽을 보았다. 나는 아이들 뒤로 슬며시 몸을 숨겼다. 그 사람이 나를 다시 부를까 봐 겁을 먹었다.

잠시 후 할머니가 나와서 나를 불렀다. 나는 되도록 천천히 할머니 앞으로 걸어갔다. 내가 다가서자 할머니가 저 건너에 다녀오라고 했다. '저 건너'가 어디인지 알고 있었다. 그리고 할머니가 왜 저 건넛집에 다녀오라고 하는지도 알았다.

할머니 말이 끝나기 무섭게 나는 뛰었다. 마당을 가로질러 골목을 뛰어나가 호두나무 집 앞까지 단숨에 달렸다. 개울을 건너 세 갈래 길 중 가장 왼쪽에 있는 길 쪽으로 뛰어 들어갔다. 그 집은 잘 알았다. 거기엔 나보다 두 살 많은 친척 언니도 있다. 그 집 마당에 들어서면서 외쳤다.

"언니야!"

그 집에 가면 나는 늘 그렇게 외쳤다. 그러면 내가 온 줄 알고 언니가 나왔다. 그런데 그날은 언니보다 언니 아버지가 먼저 내다봤다. 내가 왜 왔는지 언니 아버지도 알고 있었다.

"건너오시래요."

내가 큰 소리로 말하자 언니 아버지는 아무것도 묻지 않고 다시 방으로 들어갔다. 그러곤 외투를 챙겨 입고 나왔다.

언니 아버지는 서둘러 마루에서 내려서더니 마당을 가로질러 나갔다. 나는 그 뒤를 따라가지 않고 마당에 서 있었다.

안방 쪽마루 문이 열리면서 언니가 나왔다. 언니를 보자 나는 빙긋 웃었다. 언니도 나를 보고 소리 없이 웃었다. 언니가 신발을 신고 마당으로 내려서면서 물었다.

"손님들 많이 왔지?"

나는 고개만 끄덕거렸다. 언니를 보고 웃었던 게 창피해서 목소리를 낼 수 없었다. 잠깐 발끝으로 땅을 차고 있다가 겨우 말했다.

"할머니가 빨리 오랬어."

나는 그길로 마당을 가로질러 뛰었다. 골목에 나서자 저 멀리 언니 아버지가 서둘러 가는 게 보였다. 나는 잠깐 멈춰 섰다가 천천히 걸었다. 언니 아버지를 따라잡고 싶지 않았다.

언니 아버지가 우리 집으로 들어가고 나서 잠시 후에 마당으로 들어섰다. 아이들이 아직 처마 밑에 모여 있었다. 아직 처마에 매달린 게 무엇인지 알려 주지 않은 모양이었다. 나는 부엌으로 곧장 갔다. 부엌문 앞에 서서 할머니를 찾았다. 부엌에도 친척들이 많았다.

할머니가 부엌문 앞으로 나와서 말했다.

"저 아래 가서 오시라고 해라."

내가 막 돌아서려고 할 때 할머니가 또 말했다. 집으로 바로 오지 말고 알려야 할 곳에 다 알리라고 했다.

나는 또 뛰었다. 뛰어나오면서 아래채 앞에 모여 서 있는 아이들 쪽을 보았다. 아이들도 나를 보고 있는 것 같았다. 갑자기 나는 팔을 높이 들어 올리고 흔들었다. 나 아니면 아무도 할 수 없는 대단한 일이라도 하러 가는 것처럼 으쓱해졌다. 도시에서 온 아이들은 물론이고 동네 아이들까지 나를 부러워하는 것만 같았다.

다시 호두나무 집 앞에 왔을 때였다.

"야."

호두나무 집 아이가 나를 불렀다. 한쪽 팔이 구부러진 채 펴지지 않는 아이는 키도 펴지지 않은 것처럼 작았다. 내 친구인데 나보다 한참 작은 아이가 물었다.

"어디 가?"

"저 아래."

"왜."

"심부름."

"할아버지 돌아가셨나?"

친구의 엉뚱한 질문에 나는 대뜸 웃었다. 소리 내 웃은 건 아니었다. 뭔가 거들먹거리면서 키득거리는 웃음이었다. 그런 나를 친구가 보고 있었다.

"우리 집에 가 봐라. 거기 애들 많다."

나는 근사한 소식이라도 전하는 것처럼 으쓱거리면서 알렸다. 그리고 다시 뛰기 시작했다. 이 세상에서 오직 나만 할 수 있는 심부름을 하러 가는 것처럼 뛰어나갔다.

"걸어가도 된다."

친구가 내 등에 대고 외쳤다. 나는 돌아보았다. 친구는 구부러진 팔을 배꼽 앞에서 흔들었다.

할머니가 다녀오라는 집들은 한동네에 사는 일가친척들 집이었다. 그 집들이 어디어디인지 알고 있었다. 심부름도 가 봤고, 놀러도 가 본 집들이었다. 평소였으면 할머니가 어떤 집에 가서 어떤 말을 전하라고 일일이 정해 줬을 것이다. 그리고 나도 어떤 집부터 들를지 대략 동선을 먼저 그려 보았을 것이다. 하지만 그날은 할머니도 그냥 다녀오라고만 했고, 나도 순서를 정하지 않았다. 나는 무작정 달렸다.

마을 입구에 있는 집 앞이었다. 그 집 뒤꼍에는 고욤나무가 많았다. 그 집에 사는 친척 아이들과 나는 고욤 열매를 따서 한나절

손에 쥐고 다닌 적이 있었다. 그렇게 하면 홍시가 된다고 누가 말했었다. 하지만 열매는 결국 버렸다. 도토리만 한 감은 먹을 수 있는 게 아니었다.

'그런 나무를 왜 심어?'

아이들끼리 모여 서로에게 물어본 적이 있었다.

'세상 모든 나무나 열매가 다 우리 필요하라고 있는 건 아닐 거다.'

그 집에 사는 삼촌이 우리 곁을 지나가면서 말했다. 작두에 손가락이 잘린 삼촌은 그 집 아이들의 삼촌이었는데, 동네 아이들 모두 삼촌이라고 불렀다.

"삼촌!"

마당에 들어서면서 나는 큰 소리로 불렀다. 그건 꼭 삼촌을 부르는 게 아니라 '누가 왔다'는 초인종 같은 거였다.

마루를 사이에 둔 안방과 건넌방 문이 동시에 열리고 아주머니와 아저씨가 나왔다. 아래채에서 삼촌도 나왔다.

"할머니가 오시래요."

나는 그렇게만 알렸다. 그렇게 말하면 어른들은 알아서 듣는다.

어른들은 내 말을 기다렸다는 듯이 움직였다. 아저씨, 아주머니, 삼촌이 서둘러 마당으로 내려서는 것을 보면서 나는 뛰어나왔다.

다음은 언덕 위에 있는 집이었다. 언덕 위에 있는 집들 중에 들러야 할 집은 두 집이었다. 한 집은 할머니가 자주 가던 집이고, 다른 한 집은 내가 자주 놀러 가던 집이었다. 할머니가 자주 가던 집에는 두 할머니가 있고, 할아버지 한 분이 있었다. '상노인' 할머니는 너무 늙어 눈도 멀고 귀도 멀었지만 사람 기척은 귀신처럼 알았다. 방 안에 가만히 앉아서도 마당에 들어서는 사람이 누구인지, 골목을 지나가는 사람이 누구인지 다 안다고 했다.

다른 할머니는 '상노인'의 며느리인데 우리 할머니와 친한 사이였다. 우리 할머니가 심하게 체해서 고생하던 날 밤에 우리 집에 와서 '체끼'를 내리는 의식을 치러 준 적도 있었다.

'체끼'를 내리는 의식은 이랬다. 바가지에 깨끗한 물을 떠서 부엌칼을 씻은 다음 그 물을 체한 사람한테 마시게 했다. 그 물을 마시면 속이 뚫린다고 했다. 체한 사람이 그 물을 마시고 나면, 의식을 치르는 사람은 남은 물이 든 바가지와 칼을 들고 밖으로 나가서 남은 물을 마당에 뿌렸다. 끝날 때까지 한 마디의 말도 해서는 안 되는 그 의식은 체한 사람이 가장 믿을 만한 사람이 해야 한다. 그 집의 젊은 할머니와 우리 할머니는 그런 일을 서로 해 주는 사이였다.

하지만 나는 그 집 마당에 선뜻 들어가지 못하고 서 있었다.

나한테 그 집은 피해 다니는 집이었다. 그 집을 피하는 이유는 내가 만들었다. 언젠가 그 집에 계시는 우리 할머니를 찾으러 간

적이 있었다. 할머니를 부르기 전에 나는 그 집 입구 담벼락 아래 꼬깃꼬깃 접은 지폐 한 장을 돌에 눌러 두었다. 그 돈은 할머니 옷장에서 몰래 꺼내 온 거였다. 내가 그 돈을 쓰려면 핑계가 필요했다. 동네에는 가게가 한 곳뿐이고, 거기서 뭔가를 사려면 돈이 필요한데 그 돈은 명분이 확실해야 했다. 어릴 때 나는 할머니, 할아버지와 살았다. 어머니와 아버지는 도시에 살았다. 내 주머니에 돈이 있는지 없는지는 누구보다 할머니가 잘 알았다. 그러니까 훔친 돈을 쓰려면 그 돈의 출처가 분명해야 했다.

'이게 뭐지?'

할머니와 함께 그 집 앞을 나서면서 나는 돈을 주운 척 집어 들었다. 나는 놀란 척했지만 할머니는 놀란 것도 놀라지 않은 것도 아닌 표정으로 나를 보았다. 그리고 그 돈에 대해서 묻지 않았다. 그날 나는 그 돈으로 가게에 가서 과자, 풍선 뽑기 같은 것들을 샀다. 그런 후에는 나 자신이 부끄러워졌고, 부끄러워진 나 자신을 감추기 위해 그 집을 피해 다녔던 것이다.

하지만 그날은 피할 수 없었다. 나는 마당 안으로 들어섰다.

"계세요!"

그 집에 사는 할아버지가 마루에 나오자마자 나는 외쳤다.

"할머니가 오시래요."

그렇게 전하고 돌아서서 뛰기 시작했다. 아주 바쁜 척했다. 바쁜 척이 내 부끄러움을 씻어 주기라도 하는 것처럼.

막상 골목에 나와서는 걸었다. 걸어도 된다는 걸 처음 안 사람처럼 조심스럽게 천천히 걸었다.

혜숙이 언니네 집 앞이었다. 혜숙이 언니는 고등학교에 가지 않고 집에 있었다. 혜숙이 언니한테는 오빠가 둘 있는데 큰오빠는 대학생이었다. 봄이 되면 혜숙이 언니는 큰오빠가 있는 도시에 가서 살게 될 거라고 했다. 거기서 고등학교를 다니게 될지도 모른다고 했다.

"안 다닐 수도 있고."

혜숙이 언니가 비밀이라도 되는 양 낮게 말했다. 하지만 고등학교에 안 다닐 수도 있다는 건 나한테 별로 중요한 일이 아니었다. 그때 나는 아직 어렸다. 세상 사람들이 고등학교에 다니건 말건 상관없었다.

혜숙이 언니는 고등학교 문제뿐 아니라 좋아하는 남자 문제나, 미워하는 친구 이야기 같은 것도 나한테 풀어놓았다. 나는 혜숙이 언니 이야기를 들으면서 그 집 방 안에 굴러다니는 책이나 잡지를 뒤적거리는 걸 좋아했다. 혜숙이 언니와 그 집 오빠들이 보는 책들 중에 『새마을』이라거나, 『소년소녀』 혹은 청년들을 위한 두툼한 잡지를 특히 좋아했다. 그런 책들은 혜숙이 언니네 집에서만 볼 수 있었다. 그 책들은 어린 나한테는 신세계였다.

언덕 위에 있는 혜숙이 언니네 집은 종일 해가 들고, 혜숙이 언니가 쓰는 방은 두 면에 창호 문이 있어 해가 방향을 바꿔 가면서 오래, 깊숙이 들었다. 나는 오후 햇살이 조용히 들어와 흔들리는 노란 방바닥에 엎드려 책을 뒤적거리면서 혜숙이 언니가 하는 이야기를 들었다.

혜숙이 언니는 내가 아직 어린아이라는 게 편했을 수도 있다. 다른 사람들한테는 자존심 때문에 할 수 없는 속사정 이야기도 나한테는 자존심이 상할 걱정 없이 할 수 있었을지도 모른다. 나는 혜숙이 언니 이야기를 건성건성 들었다. 혜숙이 언니한테 중요한 일들이 나한테는 아직 중요하지 않았다.

틈만 나면 놀러 가던 혜숙이 언니네는 우리와 친척은 아니었다. 그래서 할아버지 일을 알릴 필요 없었다. 하지만 한번 들렀다 가고 싶어서 그 집 마당으로 들어갔다.

"왔어?"

혜숙이 언니가 마당에 나와 있었다. 어딜 가려는 모양이었다. 외출복 차림이었다. 외출하려는데 내가 놀러 와서 좀 놀란 모양이었다. 그래서 나는 놀러 온 게 아니라 지나가던 중이라는 걸 알렸다.

"할머니 심부름 가는 거야."

나는 골목 저 끝을 가리키면서 대답했다. 골목 저 끝에 우리 친척 집이 있다는 건 혜숙이 언니도 알고 있었다.

"나중에 놀러 와."

혜숙이 언니가 골목으로 나서면서 말했다. 나와는 반대편으로 발걸음을 옮기려던 언니가 나를 물끄러미 쳐다보더니 물었다.

"무슨 심부름?"

나는 답하지 않았다.

"혹시."

혜숙이 언니가 가까이 다가왔다. 나는 할아버지가 돌아가셨냐고 물을까 봐 두려웠다. 아침에 여러 집을 들렀지만 심부름 간 나도, 나를 맞이한 사람들도 할아버지가 돌아가셨냐는 말은 입 밖에 내지 않았다. 그 사람들은 내 얼굴만 보고도 할아버지가 어떤 상황인지 아는 것 같았다. 하지만 혜숙이 언니는 우리 집 사정에 대해 막연했다. 당연히 우리 할아버지의 죽음에 대해서도 막연할 것이었다.

"돌아가셨니?"

혜숙이 언니가 낮게 물었다.

나는 고개를 세차게 저었다. 아직은 아니었다. 할아버지는 위독한 거지 돌아가신 건 아니었다. 그런데 아무렇지 않게 돌아가셨냐고 묻는 혜숙이 언니 얼굴은 밉상이었다. 혜숙이 언니는 내 자존심을 건드렸다. 할아버지가 돌아가셨다는 건 나한테 중요한 일이었다. 그러니까 그건 내가 드러내고 싶지 않은 상처였다. 할아버지는 몇 달이나 아파서 누워 있었지만, 죽지는 않을 것이다. 방에 누워서 영원히 내 곁에 있을 것이다. 그런데 혜숙이 언니가 내

상처를 할퀴었던 거다.

나는 혜숙이 언니가 보는 앞에서 몸을 휙 돌렸다. 그리고 뛰었다. 내 등에 대고 혜숙이 언니가 외쳤다.

"나중에 놀러 와!"

나는 대답하지 않았다.

파란 양철을 덧댄 처마가 불쑥 튀어나온 집 마당으로 뛰어 들어가면서 외쳤다.

"계세요."

기다렸다는 듯이 방문이 열리고 그 집 어른들이 나왔다.

"건너오시래요."

전하자마자 나는 돌아서서 뛰어나왔다. 그 집 아주머니가 뭔가 더 물으려는 듯했는데 그게 뭔지 알 것 같았다. 그래서 틈을 주지 않았다. 그런 물음에 답할 틈도 없을 만큼 바쁘게 움직여야 한다는 걸 보여 주고 싶었다. 언덕을 뛰어 내려와 평지의 골목길에 접어들어서야 나는 뛰기를 멈췄다.

그다음부터는 뛰지 않았다. 될 수 있는 한 천천히 걸어서 몇 집 더 돌아 다시 호두나무 집 앞을 지날 때였다. 저 멀리서 엄청난 소리가 들려왔다. 일시에 터트리는 고함 같은 울음소리는 우리 집에서 나는 소리였다. 할아버지가 돌아가신 거였다.

나는 아무 소리도 안 들리는 것처럼 걸었다. 마당으로 들어서서 아이들이 모여 있는 아래채 쪽으로 걸어갔다. 아이들이 나를 보고 있었지만 나는 아이들을 보지 않았다. 나는 처마에 매달려 있는 것을 보았다. 약에 쓰려고 겨울바람에 말리는 중인 개의 쓸개였다. 아이들도 그게 뭔지 이제 다 아는 것 같았다.

사람들이 울었다. 크고 작은 울음소리들이 터져 나왔다. 하지만 나는 울지 못했다.

나는 구지구에 산다. 구지구에 사는 나는 매일 밤 신지구를 찾아간다. 신지구에 사는 사람들은 어떤 사람들일까. 하긴 그곳엔 내가 아는 사람들도 많이 산다. 친구 놈, 아는 사람, 선생님, 사거리 아이스크림 가게에서 알바하는 여자애도 신지구에 산다. 우리 엄마도 살고 싶어 미치는 신지구에 나는 밤마다 바람이나 쐬러 간다.

낮에는 신지구에 가지 않는다. 누가 막아서가 아니라 내가 안 간다. 낮의 신지구는 나 같은 쓰레기들에겐 어울리지 않는다. 배달 주문이라도 들어오면 마지못해 가 보게는 된다. 하지만 신지구 사람들은 구지구에 있는 마트에서 물건을 잘 주문하지 않는다.

그러니 나는 매일 밤 울분을 토하는 배달용 스쿠터를 몰고 신지구를 요란하게 돌아 주어야 한다. 신지구를 한 바퀴 돌아 구지구 입구인 마계 건물 앞에 도착해서야 겨우 마음이 안정되는 것이다.

*

어느 날 수지를 만났다. 어릴 때부터 '병신'이라고 생각했던 수지. 그날은 거의 이 년 만에 만난 거였다. 수지가 물었다.

오토바이 타고 왔지?

뭐?

배달할 물건이나 얼른 주고 냄새나는 지하층에서 잽싸게 빠져나올 참이었다. 그런데 수지가 나를 빤히 보면서 요구했다.

나 좀 태워 줘 봐.

뭐?

오토바이도 없이 배달 다니는 건 아니지?

나는 수지를 내려다보았다. 키라고는 내 절반 정도니 내려다볼 수밖에 없었다.

갑갑해 죽겠어. 밤에 나 좀 태우러 와.

몇 시에.

내가 물었다.

자정에.

밤이 되었다. 마트 뒷정리도 내가 해치우고 방에 들어와 누웠다. 랜턴 불빛을 천장에 대고 껐다 켰다 반복하면서 시간을 기다렸다.

틱.

톡.

틱.

톡.

큰방에서 외할아버지 코 고는 소리가 일정하게 반복되기 시작하자 나는 일어났다. 현관문을 열고 나왔다. 마당 구석 주류 박스 더미 곁에 거대한 사마귀 한 마리가 보였다. 나를 기다리고 있는 스쿠터였다. 자식. 놈도 매일 밤 신지구 가는 맛에 길들여진 거다. 하지만 오늘은 좀 다를 거다. 엉덩이를 툭, 때려 주고 대문 밖으로 끌고 나왔다. 열쇠를 꽂아 넣고 돌렸다.

타-다-당. 타-당.

레버를 당기자 스쿠터 엉덩이가 들썩거리기 시작했다.

부아앙—.

나의 검은 사마귀를 몰고 더 검은 골목을 달려 도달한 곳은 구지구에서도 가장 낡아 빠진 삼호 연립 앞이었다.

여기저기 파인 시멘트 구덩이를 피하기 위해 크게 유턴을 그리면서 삼호 연립 마당 깊숙이 들어가 스쿠터를 세웠다. 거기 서서 나는 101동 1-2라인 지하 계단을 응시했다. 그 계단 아래 지하 굴이 수지가 사는 곳이었다. 수지가 웅크리고 지내는 방. 축축한 모서리마다 분홍색 실지렁이들이 기어오르는 벽면. 처음 들여다보던 날 내 온몸에 수백 개의 구멍이 슬픈 빗소리를 내면서 뚫려 버린 바로 그 방에서 수지가 나오고 있었다.

붉고 구불구불한 수지의 머리칼이 더러운 로비 등 아래 흔들렸다. 젠장. 왜 하필 빨간색으로 머리칼을 염색하나. 검은 사마귀 뒤에 태워 다니려면 파랑이나 노랑이 더 낫지. 저 검정 바람막이는 또 어떻고. 매일 방구석에 처박혀 지내는 주제에 비싼 바람막이라니. 하지만 그 모든 것을 덮어 버리는 수지의 다리. 수지 인생의 최고 볼거리인 그 다리. 한쪽 다리에 의족을 장착한 다리로 수지가 계단 아래 한 발 내디딘 순간,

들어와!

지하에서 쉰 고함 소리가 올라왔다. 수지 엄마였다.

상관 마!

지하를 향해 수지가 쏘아붙였다. 그리고 나에게 한마디 던졌다.

뭘 보냐?

스쿠터가 하체라도 되어 버린 것처럼 엉덩이를 붙이고 앉아서 멍하게 수지가 걸어오는 모습을 바라보던 나는, 그때서야 움직이려 했지만 어떻게 움직여야 하는지 감을 잡을 수 없었다.

하체 작동에 오류가 발생한 안드로이드 꼴 수지의 걸음걸이를

어떻게 감당할 수 있나. 눈은 또 어떻고. 그 다리에 딱 어울리는 꼬라지였다. 수지는 얼굴 절반을 차지할 만큼 아이라인을 그렸다. 지상의 인간 같지 않았다. 어쩌면 종일 본 만화영화 속 인물을 흉내 낸 것인지도 몰랐다. 센 척하는 건가. 딴엔 화장일지도 몰랐다. 어쨌든 데이트니까.

스쿠터 옆에 다가선 수지가 한마디 했다. 좀 답답하다는 투였다.

뭐 하는 거냐.

나는 여전히 스쿠터 위에 엉덩이를 붙이고 앉아 있었다. 수지가 픽, 웃었다. 나는 여자애들의 웃음에 대해 잘 모르지만 그 웃음은 알 것 같았다. 수지의 '픽'은 경멸을 감당하겠다는 웃음, 자기 걸음을 보고 놀란 내 시선 따위는 이미 수도 없이 겪어 봤다는 웃음이었다.

뭐 해. 올리지 않을 거야?

수지가 턱으로 스쿠터 의자를 가리키면서 말했다. 그제야 나는 정신을 차리고 내려가 수지를 스쿠터 위로 안아 올렸다. 수지의 몸은 가벼웠다. 무게랄 것도 없었다. 길고양이 한 마리 무게였다. 수지를 의자에 올리고 나도 올라타면서 고정쇠를 탁 차올렸다. 그런 뒤에는 자랑삼아 달의 저편을 한 바퀴 돌기라도 할 것처럼 커다랗게 유턴을 그리며 삼호 연립 마당을 빠져나왔다.

수지 몸이 뒤로 휘어졌다가 내 등에 바짝 붙었다. 수지가 내 뜨거운 등을 껴안고 있었다. 갑자기 어떤 욕구가 내 안 저 깊은 곳에서 깨어나 꿈틀거리며 올라왔다. 그러나 수지는 황량한 목소리로 명령했다.

높은 곳으로 가.

어디로.

신지구.

신지구 어디.

어디든.

수지라고 왜 신지구에 가고 싶지 않겠나. 매일 지하 굴에 처박혀 있다고 세상일을 모르겠나. 쓰레기 같은 구지구 바로 코앞에 신지구가 있는데, 거길 가 보고 싶지 않을 리 없지.

스쿠터가 밤의 한가운데를 달려 도착한 곳은 신지구 주차장 건물 꼭대기 층이었다. 철골로 된 건물의 뻥 뚫린 옥상 모서리 녹슨 난간 앞이었다. 스쿠터를 세우고 수지를 들어 내렸다. 철판 바닥에 발을 딛고 서자 수지가 불현듯 덜덜 떨기 시작했다. 오작동 난 기계처럼 마구 떨어 댔다.

좀 잡아, 새끼야.

나는 수지의 팔을 잡았다.

아 씨발, 너무 오래간만에 나왔나 보네.

나는 수지의 어깨를 안았다. 수지 다리가 내 다리와 닿았다. 싸구려 의족에서 전해지는 진동이 내 다리를 타고 올라왔다.

조금 지나자 떨림이 잦아들기 시작했다. 아직 떨림이 완전히 가시지 않은 손으로 수지가 바람막이 주머니를 뒤적거려 휴대폰을 꺼내 들었다. 수지는 이어폰을 자기 귀에 꽂아 넣다가 나를 힐끔 올려다보았다. 그러곤 귀찮다는 듯 이어폰 한쪽을 내 가슴 앞에 내밀었다.

뭐.

같이 듣자고.

이어폰을 함께 사용하려면 수지가 스쿠터 위로 올라가거나 내가 허리를 접어야 높이가 맞을 것이다. 나는 엉거주춤한 자세로 수지가 내민 이어폰을 받아 들고 내 귓속에 밀어 넣었다. 라디오헤드였다. 그들의 모든 곡 중 오직 하나뿐인 곡. 이 곡 외에는 더 들을 것도 없는 그들의 음악. 전설이 되어 버린 곡. 「크립(Creep)」이었다. 처음에는 영국의 방송에서조차 음악이 너무 우울하다는 이유로 내보내기 꺼려 했던 「크립」을 하반신을 뒤로 뺀 자세로 들었다. 곡이 끝나자 또다시 「크립」이 흘러나왔다. 오직 「크립」만 연거푸 흘러나왔다. 다섯 번쯤 들었을 때였다. 수지가 툭 내뱉었다.

젠장.

왜.

얼어 죽겠어.

갈까.

아냐, 더 있어.

그러지.

이런 기분 알아?

어떤.

쓰레기 같은.

알지.

훗—.

*

다음 날도 나는 밤이 깊어지자 삼호 연립 마당으로 스쿠터를 끌고 가서 대기했다. 수지 헬멧도 하나 구했다. 시간이 되자 수지가 지하에서 올라왔다. 수지와 나는 오랫동안 알아 온 사람들처럼, 함께 태어나 함께 열일곱을 먹은 것처럼 익숙하게 굴었다.

어젯밤처럼 수지를 스쿠터에 태우고 삼호 연립을 빠져나갔다. 그리고 도달했다. 어제의 그 주차장 건물 앞이었다.

다른 옥상 없어?

어떤 옥상.

신지구에서 가장 높은 옥상.

거긴 왜.

뭘 좀 보려고.

뭐.

말하면 알아?

수지가 쏘아붙였다. 나 때문에 화난 건 아니었다. 철골로 얼키설키 조립한 건물을 두 번이나 올라가려니 비위가 뒤틀린 거지. 그러니까 조립식 건물 말고 진짜 옥상으로 가고 싶은 거였다. 신지구에서 내가 아는 옥상이 있을 리 없었다. 하지만 가야 했다.

수지가 팔을 길게 뻗어 손가락으로 방향을 지시했다. 수지의 팔이 길다는 걸 그때 처음 느꼈다. 만일 수지가 일곱 살 때 불타는 쓰레기통으로 추락하는 사고를 당하지 않았더라면 팔 길이와 비례하는 다리 길이를 가졌을 것이다. 수지가 왜 절름발이가 되었는지는 구지구 사람이라면 다 알고 있다. 그때 사고로 신경이 녹아 버린 수지의 한쪽 다리는 자라지 않았다. 몸의 다른 곳은 자랐다. 한쪽 다리만 어릴 때 그대로였다. 자라지 않은 길이만큼 의족으로 보충해 주어야 하는 게 수지 다리였다.

나는 수지가 지시한 방향으로 스쿠터를 몰았다. 한참 달린 후 수지는 또다시 팔을 뻗어 방향을 가리켰다. 아파트 단지였다. 나는 코앞에 있는 아파트 진입로를 찾아 근처 골목을 일부러 빙빙 돌았다. 아파트 단지가 신기루라도 되는 양.

장난치지 마!

수지의 한마디가 떨어지고 나서야 나는 아파트 진입로가 보이는 언덕으로 스쿠터를 몰았다. 부-앙-앙—. 스쿠터가 성깔을 부렸다.

저기.

수지가 가리키는 곳으로 스쿠터를 몰았다. 그리고 야식 배달 온 알바처럼 어느 로비 출입구 앞에 사마귀를 세웠다. 경비원은 저 멀리 있고, 밤은 어두웠다. 감시 카메라가 있다 해도 겁나지 않았다. 우리는 야식 배달 온 배달 알바일 뿐이었다.

수지를 안아 내리고 현관 안으로 들어갔다. 엘리베이터가 우리를 기다리고 있었다는 듯 1층에 머물러 있었다. 꼭대기 층 버튼을 눌렀다. 그래 봤자 18층이었다.

엘리베이터 문이 열리자 또 계단이었다. 저 계단을 오르면 옥상이었다. 수지가 의족 다리로 서둘렀다. 계단을 오르는 수지를 뒤에서 지켜보면서 옥상 문이 잠겨 있을까 봐 걱정했다. 실망한 수지 얼굴을 어떻게 보나. 문아, 제발 열려라.

옥상 문이 열렸다. 수지는 나 따위는 잊어버린 것처럼, 혼자 이곳까지 오는 데 성공한 것처럼 철문을 열고 나아갔다. 수지가 열고 나간 문을 내가 손바닥으로 받치면서 옥상에 발을 들이밀었다. 지상과는 다른 바람이 불고 있었다. 수지는 이미 허공을 가르듯 옥상 한가운데를 향해 나아가고 있었다.

신지구 고층 아파트 옥상에 수지와 내가 섰다. 신지구와 구지구를 통틀어 가장 높은 건물 옥상, 온갖 기괴한 모양의 통신 전파 장치들이 면류관처럼 꽂혀 있는 옥상이었다.

수지가 헬멧을 벗어 나한테 내밀었다. 나는 수지의 헬멧을 바닥에 내려놓고 내 헬멧도 벗어 그 곁에 두었다. 헬멧 두 개를 바닥에 나란히 놓고 보니 기분이 이상했다. 해골 같았다.

해골 두 개를 발치에 두고 서서 수지가 휴대폰을 꺼냈다. 그러곤 이어폰 한쪽을 내밀었다. 나를 챙기는 게 성가시다는 표정도 여전히 감추지 않았다. 나는 수지 곁에 바싹 다가서서 어제의 그 엉거주춤 자세로 이어폰 한쪽을 받아 귀에 꽂아 넣었다. 음악이 흘러나왔다. 역시나 「크립」이었다.

나는 음악을 듣는 척이나 했다. 진지하게 듣지 않았다. 음악에 대해서라면 나는 건성이었다. 더구나 같은 곡을 반복해서 듣다니…… 그런 일은 내 비위에 맞지 않았다.

그 음악이 다섯 번쯤 반복되었을 때 수지가 이어폰을 뺐다. 나도 이어폰을 빼내고 엉거주춤 자세를 풀었다. 그리고 물었다.

여기서 뭘 보겠다고.

수지가 검은 하늘을 올려다보더니 답했다.

달.

저 달?

나는 턱으로 달을 가리켰다.

그래.

뭐 하러.

수지가 푹, 웃었다. 그리고 한마디 던졌다.

넌 꼭 뭘 하려고 뭘 하니?

나는 입을 다물었다. 할 말이 없었다.

그런데…….

수지가 약간 망설이는 기색을 보이다가 한마디 뱉었다.

너 나랑 뭐 해 볼 생각은 치워라.

누가 뭘 해 보겠대?

갑자기 온몸이 화끈거렸다. 바람이라도 차갑게 불었으면 싶었다. 불던 바람조차 멈추고 수지의 조롱이 이어졌다.

뭘 바라. 쓰레기 같은 새끼.

나는 입을 꾹 다물었다. 달인지 뭔지 좀 더 올려다보다가 수지 머리에 헬멧을 씌웠다. 그리고 왔던 길을 되짚어 돌아왔다.

*

다음 날, 또 그다음 날도 깊은 밤이 되자 나는 삼호 연립 마당에서 수지를 기다렸다. 수지 역시 다음 날 또 그다음 날도 밤이 되면 지하에서 올라왔다.

수지가 올라오면 나는 수지를 스쿠터 뒤에 태우고 달렸다. 그리고 마침내 도달한 신지구의 그 고층 아파트 옥상 문을 열었다. 수지와 내 앞에 방대한 은하계가 펼쳐졌다.

그런데 어쩐지 그날은 다른 사람들도 옥상 문을 열었다. 수지가 크게 숨을 들이쉬고 막 휴대폰을 꺼내려고 할 때였다. 옥상 문이 활짝 열리면서 두 개의 랜턴 빛과 긴 다리 그림자 여섯 개가 나타났다.

거기, 너희들.

수지가 휴대폰을 다시 주머니에 쑤셔 넣었다. 아파트 경비원과 두 명의 아주머니였다. 순간 다섯 사람이 대치했다. 그들 셋은 우리 둘을 무차별적으로 훑어보았다. 침묵을 깬 건 경비원 아저씨였다.

니들 여기 왜 올라왔어.

나는 뭐라 할 말이 없었다. 무슨 말을 할 수 있겠나. 음악 들으러 왔다고? 밤 산책 중이라고? 아니면 뛰어내릴 장소를 찾고 있다고?

니들 어디 살아?

아주머니 목소리였다.

여기 애들은 아닌 것 같은데.

다른 아주머니 목소리였다.

어디 애들이야?

언성을 높인 질문이 튀어나왔다. 그러자 수지가 긴 팔을 뻗어 구지구 쪽을 가리켰다. 낮게 엎드린 구지구의 어두운 공중으로 시선들이 따라 나갔다.

니들이 이 아파트 옥상엔 뭐 하러 들락거려.

그때 나는 생각했다. 이 사람들은 질문에 대한 답을 들으려는 게 아니라 수지와 내가 다시는 이 옥상에 나타나지 않기를 바란다는 것. 그래서 '캐슬' 어쩌고 하는 이 신지구 아파트 단지에 불미스러운 사건을 만들지 않으려 한다는 것. 그래서 답했다.

앞으론 주의하겠습니다. 다시 이런 일 없을 겁니다.

구십 도 각도로 정중하게 사과 인사를 했다. 그러면서 수지의 어깨를 힘차게 감싸 안고 활짝 열려 젖혀진 옥상 문을 향해 걸었다.

한 번만 더 오면 그땐…… 경찰 부른다!

신성한 어둠을 오염시키는 말이 등 뒤에서 터져 나왔다. 하지만 그건 내 알 바 아니었다. 나는 수지나 데리고 내려오면 그만이었다.

다신 오지 마라.

경비원 아저씨 목소리였다.

여기가 어디라고…….

약간 이상한 애들 같아요.

엘리베이터가 지상에 닿자마자 나는 수지를 안고 날아가 스쿠터 위에 올라탔다. 시동을 걸고 레버를 당겼다. 부앙—. 사마귀가 날아올랐다.

*

구지구 입구 마계 앞에 와서야 겨우 멈췄다. 벌써 몇 년째 공사가 중단된 채 버려진 건물을 우리는 마계라고 했다. 몇 년째 부직포를 뒤집어쓰고 있는 이 흉물이 완공되었다면 지금쯤은 번듯한 쇼핑센터와 영화관이 들어섰을 것이다. 하지만 부도를 맞아 공사가 중단되는 통에 그 건물 뒤로 이어지는 구지구 전체에 검은 그림자가 드리워졌다. 우리 외할아버지만 해도 구지구의 모든 불운을 마계 건물 탓이라고 여겼다. 구지구로 흘러들어 오는 운을 이 흉물이 막고 섰다는 것이다.

젠장.

우리가 옥상에서 뛰어내리기라도 할 줄 알았나.

그러면 다행이지.

우리를 병신 취급한 거야.

그건 아니고…….

아니면.

뭐, 좀…… 이상하게 봤겠지.

우리 이상한가.

정상적으로 보이진 않지. 다른 사람들 눈에는.

픽.

풋.

우리는 웃었다.

여기.

수지가 마계를 가리켰다.

여긴 왜.

여긴 쫓아낼 사람 없겠지.

흉물을 가린 부직포가 펄럭이고 있었다. 바람이 좀 세게 불어서 진짜 마계 같아 보였다. 출입 금지이긴 하지만 일단 안으로만 들어가면 아무도 모를 것이다.

잠깐 기다려.

왜.

먼저 좀 살펴보고.

나는 수지를 스쿠터 곁에 세워 둔 채 가림막이 허술한 곳을 들추고 안으로 들어가 랜턴으로 비춰 보았다. 계단이 있었다. 랜턴 불빛을 위로 쏘아 보았다. 시멘트 계단이 이어져 있었다. 나는 가림막 밖으로 빠져나왔다.

저 앞에 시커먼 사마귀 한 마리가 어둠 속에 숨죽이고 있었다. 그 곁에 수지도 서 있었다. 스쿠터 양쪽 손잡이에 걸쳐 둔 헬멧 두 개가 지나가는 자동차 빛을 받아 순간 눈알처럼 번득였다.

뭐야.

수지가 물었다. 나는 손잡이에 걸려 있던 헬멧을 다시 수지 머리에 씌웠다.

갑갑해.

철근 떨어져 내릴 거 같다.

진짜 마계네.

툴툴거리면서 얌전히 헬멧을 고쳐 쓰는 수지를 보며 나도 헬멧을 뒤집어썼다.

수지와 손을 잡고 빨가벗은 시멘트 계단을 올랐다. 완공도 보지 못한 채 벌써 쇠락의 기운이 음산한 건물은 냄새까지 사람 기를 죽였다. 시멘트 가루와 녹슨 철골 냄새가 피 냄새와 다를 바 없었다. 수지와 손을 잡고 오르고 올라 마침내 꼭대기에 다다랐다. 문 따위는 없었다. 눈앞에 옥상이 펼쳐졌다.

저 건너 신지구 고층 아파트 옥상만큼 높은 건 아니지만 기분으로는 더 높이 올라온 것 같았다. 수지가 어두운 옥상 한가운데를 향해 걸어 들어갔다. 나는 수지가 가는 쪽으로 랜턴 불빛을 잡아 주었다.

너무 나가지 마라.

갑자기 내 말을 잘 듣기로 작정이나 한 듯 수지가 멈춰 섰다. 그러곤 주머니를 뒤졌다. 보나 마나 휴대폰을 꺼내는 거였다.

너나 들어라.

그러자 수지가 나를 쳐다보았다.

이어폰 아냐.

그럼 뭐냐.

수지가 내 말은 들은 체도 않고 폰을 만지작거리더니 동영상 하나를 틀었다. 또 라디오헤드였다. 딱 꼴도 보기 싫었지만 이번엔 음악과 영상이었다. 시퍼렇게 흔들리는 폰을 들고 수지가 몸을 이리저리 움직이더니 바닥에 다리를 쭉 뻗고 앉았다. 그리고 폰을 바닥에 내려놓았다. 검은 옥상 바닥에 숨어 있던 작은 우물 하나가 눈을 뜬 것 같았다. 깊이를 알 수 없는 우물이었다. 우물 속에서 푸른 음악이 흘러나오고 있었다.

나도 수지 곁에 다리를 쭉 펴고 앉았다.

너, 내 다리 왜 이렇게 된 줄 아냐.

수지가 불쑥 물었다.

내가 어떻게 알겠냐.

거짓말이었다. 수지도 내가 거짓말했다는 걸 알아차렸다. 그래도 계속 거짓말을 밀고 나가기로 했다.

얼굴 다친 거보단 낫다.

얼굴이나 다리나.

그래도 얼굴 안 다친 게 어디냐.

넌 왜 밤마다 나 데리러 나오냐?

그런 넌 왜 밤마다 날 따라 나오냐.

우리는 서로 마주 보고 웃다가, 갑자기 싸늘해졌다. 수지가 물었다.

넌 내년에 학교 다시 다닐 거지?

내가 학교 가는 게 외할아버지 소원이다. 그러는 넌.

난 안 가.

고등학교 졸업장도 없으면 뭘 할 수 있겠냐. 그거라도 있어야지.

난 재봉사 될 거다. 엄마처럼…….

너네 엄마도 그걸 바라냐.

아니.

그럼.

내가 빨리 죽길 바라.

나는 수지 옆얼굴을 보았다.

세상에 그런 엄마는 없다.

위로 안 되는 줄 알면서 그냥 그런 말이라도 했다. 그 정도 말로 덥석 위로받을 수지가 아니라는 걸 알면서도 한 말이었다.

네가 엄마 들먹일 처지는 아니지.

수지가 낮게 중얼거렸다. 위로는 고사하고 공연히 성질만 건드린 모양이었다.

뭐?

너네 엄만 네가 배 속에 있을 때부터 죽이려고 난리였다는데.

뭐?

못 들었냐. 너 죽이려고 너네 엄마가 별짓 다 했다는 거. 온 동네가 다 아는데.

나는 발 앞에 있는 나무판 하나를 팍, 차 던졌지만 진짜로 화난 건 아니었다. 이미 다섯 살 때 엄마한테 그 말을 직접 들었다. 엄마는 열일곱에 나를 임신했다. 나를 떼려고 높은 데서 뛰어내리고, 오토바이에 뛰어들고 별짓 다 했지만 결국 내가 태어났다고 했다. 내가 태어나서 엄마 인생을 엉망으로 만들었다고 했다. 그래서 나는 다섯 살 때부터 엄마한테 미안해하면서 살았다. 죽지 않고 태어나서 미안하다고 중얼거리면서 살았다.

나한테 사과받는 것도 신물이 났는지 어느 날 엄마는 큰 도시로 떠나 버렸다. 그러다가 원망이 쌓이면 한 번씩 찾아와서 난리를 쳤다. 지난번에 엄마가 왔을 때는 미안하다고 하지 않았다. 나도 다 컸고, 엄마도 이젠 어린 여자애가 아니었다. 피차에 서로 건드리지 않기로 했다.

내가 수지 인생을 훤히 알듯이 수지 역시 내 인생을 훤히 안다. 이 좁아터진 구지구에 끈질기게 남아 있는 사람들은 대개 그렇다. 내가 물었다.

너도 엄마한테 미안하냐.

뭐?

죽지 못하고 계속 살아서 미안한 거냐고.

아니.

그럼.

내가 진짜 죽어 버리면 엄마가 나한테 미안해할까 봐 절대 안 죽어.

…….

킥킥.

웃기냐.

넌 외할아버지 슈퍼 물려받으면 사는 데 지장 없겠다. 너네 외할아버지는 집도 있고……. 구지구 개발되면 보상금도 받고…….

수지 목소리가 점점 가라앉고 있었다.

나는 일어섰다. 눅눅한 시멘트 가루가 엉덩이에 잔뜩 들러붙었지만 털어 낼 생각은 하지 않았다. 수지도 일어설 기척을 하기에 일으켜 세워 주었다.

마계 건물 옥상에서 신지구 아파트 단지를 보자니 기분이 더러웠다. 견딜 수 없는 뭔가가 치밀어 올랐다. 이런 기분일 땐 고함치면서 울어야 했다. 빈 병이라도 몇 개 깨면서 고약한 기분을 터트려야 했다. 하지만 곁에 수지가 있으니 참아야 했다.

우리 이상한 거 같다…….

내 기분과 달리 수지는 조용하게 말했다. 나는 답하지 않았다.

우리 이상한 거 아니지?

수지가 불쑥 물었다.

우리 진짜 이상한 거 아니지?

수지가 또 물었다. 감정이 실려 오는 목소리였다. 수지 목소리는 들으면 금방 안다. 감정이 치고 올라오면 목구멍이 꽉 막힌다. 그런데도 말을 하려고 하면 그런 목소리가 나온다.

수지한테 시시껄렁한 말이라도 해 주고 싶었다. 난 원래 길게 말도 잘 못하고, 남 위로해 주는 일도 소질 없다. 그래도 그때 그 순간 뭐라도 한마디 했으면 좋았을 것이다.

작가의 말

이야기를 시작할 때면 그 이야기를 끌고 갈 정서를 끌어 올리고 거기에 몰입하게 됩니다. 많은 작가들이 그렇듯 저 역시 이야기를 마치고 빠져나올 때 무척 힘이 들기도 합니다.

이번 소설집에서는 「이 나무는 내 친구입니다」와 「수지」, 「나만 할 수 있는 일」이 유독 마음에 남았던 것 같습니다. 내면을 쉽사리 드러내지 않는 인물들이 안타까워 그럴까요? 어쩌면 그랬을 수도 있어요.

이 책에는 2012년부터 2019년까지 발표한 단편을 모았습니다. 각 이야기마다 품고 있는 정서가 다른데요, 시간이 지나고 원고를 정리하면서 되짚어 보니 인물이 처한 상황에 대한 안타까움보다는 그들을 존중하는 마음 때문이라는 것을 알게 되었습니다. 서두르지 않고 서서히 성장해 가는 인물들. 그런 인물들을 존중

하기 때문에 늘 제 마음에 한층 와닿는다는 생각을 다시금 하게 되었습니다.

인물의 진실을 향해 나아가는 과정이 소설 쓰기라는 것을 잊지 않으려 합니다.

창비의 여러분들에게 깊이 감사합니다.

2021년 여름

박영란

수록 작품 발표 지면

이 나무는 내 친구입니다 … 『창비어린이』 2014년 겨울호(「이유야 없겠지」로 발표)

안의 가방 … 『이상한 나라의 앨리스들』, 서유재 2017(「안찡의 가방」으로 발표)

간신히 … 『자음과모음R』 2012년 여름호

상어를 기다리며 … 『오늘은 무슨 맛』, 마음이음 2019

소소한 명예 … 『어린이책이야기』 2019년 여름호(「너의 명예」로 발표)

나만 할 수 있는 일 … 『어린이책이야기』 2017년 봄호(「어떤 날」로 발표)

수지 … 『안드로메다 소녀』, 북멘토 2014

창비청소년문학 104

안의 가방

초판 1쇄 발행 | 2021년 08월 27일

지은이 | 박영란
펴낸이 | 강일우
책임편집 | 김도연 김유경
조판 | 신혜원
펴낸곳 | (주)창비
등록 | 1986년 8월 5일 제85호
주소 | 10881 경기도 파주시 회동길 184
전화 | 031-955-3333
팩시밀리 | 영업 031-955-3399 편집 031-955-3400
홈페이지 | www.changbi.com
전자우편 | ya@changbi.com

ISBN 978-89-364-5704-4 43810

* 책값은 뒤표지에 표시되어 있습니다.